Juanita

La trágica aventura de una loca.

Dedicatoria

Hace muchos años conocí en mi colegio de validación un chica especial, no era una persona destacada, pero tampoco le interesaba serlo, era una persona original, por cosas del destino me enamore de ella y mi amor no fue correspondido, lo cual pues acabo con nuestra amistad, aunque deseo con toda mi alma algun dia volverla a ver, comprendo que si nuestras vidas dejaron de encontrarse la una con la otra fue por un propósito, en aquel entonces no estaba preparado para tener amistades, hoy en dia si, pero antes de estar preparado tuve que fallar en mis amistades pasadas, incluida la de mi amiga Juanita Carolina Ramos Monroy para poder comprender las cosas en las que estaba fallando a la hora de tener amistades del sexo opuesto.

Hoy en dia no tengo idea de donde esté mi amiga Juanita pero le deseo lo mejor, que sea muy feliz, y aunque es muy probable que jamás podré agradecerle por haberme brindado su amistad si deseo hacer una obra literaria con su nombre, pues su recuerdo siempre ha despertado en mí una infinidad de sentimientos que desde hace años quería expresar.

La protagonista de esta obra no tiene nada en común con mi amiga Juanita aparte del nombre, pero estoy seguro de que tanto ella como cualquier otra persona ha pensado en algún momento de sus vidas, circunstancias parecidas a las que tocó en este libro y se que asi como me apoyaba en el pasado, se alegrará si algun dia se entera de este libro, espero disfruten esta obra tanto como yo la disfrute al escribirla.

Capítulo 1: Buscándole Sentido a la Vida.

Primera Parte

Aunque todos los seres humanos tenemos muchas cosas que expresar una gran mayoría de las veces callamos o simplemente en el momento no sabemos cómo explicarnos, la falta de buena comunicación es de los mayores problemas del mundo, en algunos casos aquellas personas que padecen de una seria dificultad para comunicarse pueden terminar cayendo en crisis profundas depresiones y demencias que pueden generar un odio hacia nosotros mismos junto con un profundo deseo de acabar con nuestras vidas, como estamos por ver en esta historia:

Como muchos chicos Juanita la protagonista de esta historia, tuvo una madre soltera, por fortuna su madre era trabajadora y sencilla pero siempre trato de darle lo mejor, por cuestiones personales nunca quiso comentarle a su ex-pareja que estaba embarazada, como tenía muchos hermanos Juanita a falta de un padre tuvo muchos tíos, Juanita creció en un hogar lleno de amor, siendo hija única nunca su madre le dijo un no, algo que si bien le traería problemas en la adultez le garantizo una buena infancia.

Juanita al igual que todo ser humano siempre ha tenido momentos alegres y tristes, al ser hija única desarrolló algo de timidez, por lo cual no era alguien de muchas amistades, al no ser sociable su aprendizaje se complicó, aunque era muy talentosa con las artes no le iba bien en matemáticas ni español, esto le hizo creer que era una tonta, sus maestros también ayudaban a que creyera esto y para colmo sus compañeros la cogieron como burla por sus malas notas, Juanita al no contar con una orientación adecuada en sus años de estudio perdió muchos años escolares, a lo ultimo ella y su familia optaron por la validación, Juanita aunque lo tenía todo en su hogar detesto el colegio, todo por un mal sistema educativo.

Juanita como muchos otros seres humanos gracias a una educación errónea, desarrollo timidez, bajo autoestima, odio al estudio, pero sobretodo se sentía solitaria, aun gozando de una buena familia, se sentía siempre sola, probablemente porque de niña en su escuela todos sus compañeros se juntaban y ella siempre quedaba por fuera de los grupos. Luego de muchos años después de dejar la escuela Juanita maduro, comprendía que no podía cambiar su pasado, que no podía vivir victimizandose por su pasado y que si no fue comprendida de niña esto no significaba que fuera torpe, sin embargo no pudo con sus problemas de timidez, autoestima y sensación de soledad, simplemente trataba de vivir con ello cada día.

Juanita se reía de sí misma pues creía que sus problemas eran algo que solamente le ocurría a ella, pero con el tiempo entendió que hay miles de personas que se sienten igual o parecido, la mente de Juanita estaba llena de dudas, pasaban por su mente miles de ideas e interrogaciones sobre lo que debería hacer, pero de tanto que pensaba a lo último no hacía nada.

A Juanita le hacía mucha falta desarrollar el hábito de aprender a concentrarse, era consciente de sus problemas pero por distracciones nunca puso en marcha ningún plan de acción para solucionarlos, se sentía miserable pero no hacía nada para cambiar esta realidad, su depresión fruto de sus problemas de socialización pudo haberse dado en la escuela pero ella era la responsable de ellos en su vida adulta, ella lo sabía.

Juanita aunque no le gustaba leer por cuestiones de la vida comprendió que la lectura es una gran herramienta, se enfocó en leer mas que todo literatura motivacional, con lo cual comenzó a ser más organizada, enfocada y persistente, poco a poco gracias a poner en práctica muchas de las cosas que leía Juanita dejó de ser una fracasada, una atenida a lo que le brindara su madre y una persona que creía que no era capaz de lograr algo por sí misma, la lectura abrió la mente de Juanita, pero a Juanita le ocurrió algo con la lectura, algo que ha muchos les pasa al descubrir que las creencias que habían tenido son falsas, Juanita aunque era una mujer más independiente y libre al tiempo se había vuelto más infeliz.

Juanita desarrollo más consciencia del mundo que nunca antes en su vida, miro que el mundo estaba lleno de cosas maravillosas pero al tiempo vio algo que la lastimo en toda el alma, que la destrucción de este mundo es gracias a la vida humana y que técnicamente cada uno de nosotros con el solo hecho de estar vivos estamos contaminando nuestro planeta, es muy difícil sentirse bien cuando sientes que estás lastimando a alguien y tu no quieres

hacerlo, esto le pasaba a Juanita, ahora no solo vivía sumergida en depresión sino que también odiaba estar viva al sentir que no estaba logrando un cambio positivo en el mundo y que por el contrario tenía la sensación de que el estar viva significaba una carga para su familia y el planeta.

¿Que podía hacer Juanita ante esto? Juanita al leer muchos temas motivacionales y sobre el desarrollo de tecnologías amigables al medio ambiente se propuso la meta de ser una persona que nunca votaría papeles en la calle, de ser alguien que recicla por gusto, de ser una chica que solo compre lo estrictamente necesario y pensaba en un futuro tener una finca para sembrar árboles y criar abejas; Pero aun cuando una persona tiene metas si la depresión y el sentimiento de culpa están arraigados en su ser se seguirá sintiendo mal, Juanita se propuso esas metas y hacía lo posible por cumplirlas, pero era consciente de que sus esfuerzos eran muy insignificantes en este mundo de millones de personas, Juanita sentía que no tenía propósito ni sentido alguno vivir. ¿Que proposito hay en vivir si no puedes ser feliz y no puedes dejar un legado positivo en el mundo? Juanita sentía que la consciencia que tenía sobre el mundo y sobre sí misma la hacía infeliz, miraba con muchas personas viven su dia a dia y eran muy felices sin importar los problemas que tuvieran y los envidiaba pues ella no podia ser asi, aunque ella no renunciaba a sus objetivos sentía que al final de cuentas la vida no tenía propósito, que para ser feliz debes ser un ignorante, pero si eres un ignorante eres lo más dañino para el mundo, entonces ser ignorante no es bueno, pero si tratas de no serlo te haces consciente de las cosas y con ello te sentirás como una basura, aun si tratas de arreglarlo todo tus esfuerzos no tendrán impacto en un mundo en el que la ignorancia y la corrupción mandan, el último camino el del conocimiento y la consciencia no tenía vuelta atrás nadie que haya decidido educarse para dejar de ser ignorante puede volver a ignorar las cosas que ignoraba antes de tomar esta decisión, Juanita de todo lo que había estudiado encontró historias de personas que desarrollaron su conocimiento en un nivel tan alto que alcanzaron la felicidad y la satisfacción, pero también vio casos de cómo muchas personas que durante toda su vida se veían muy felices de un momento a otro se quitan su vida porque no son tan felices como todo el mundo pensaba, Juanita quería creer en que en cierto momento después de desarrollar su consciencia al nivel más alto posible sería feliz, pero lamentablemente no tenía evidencia de ello solo el testimonio de algunas personas que solo conoció por medio de libros, las cuales ella nunca sabrá qué fue de ellas después haber realizado sus obras literarias.

Juanita trataba de darse ilusiones, trataba de encontrar motivos para ser feliz, aunque su vida estaba llena de cosas buenas no podía sentirse feliz, todo esto por un sentimiento de culpa, una culpa que ni era producto de sus actos, sentía que su mera existencia era un mal para el planeta por más que tratara de obrar bien en todo aspecto, maldecía el hecho de estar viva, maldecía a la humanidad por su forma de vida y maldecía al mundo, pero al tiempo era consciente de que su ciclo de vida junto con el de una gran mayoría de personas que viven en el planeta no tenía el propósito de lastimar al planeta ni a otros seres vivos, que muchos simplemente trataban de subsistir cada día.

Juanita se estaba volviendo loca, era ya era consciente de eso, tanto así que los pensamientos de suicidio que surgían en su cabeza poco a poco se volvían lo que más pensaba en el dia, era cuestión de tiempo para que tratara de quitarse la vida, cosa que hizo tres veces, los dos primeros intentos logró ocultar toda evidencia y su familia y médicos jamás notaron su intención de quitarse la vida, pensaron que había tenido una enfermedad poco común, le recetaron medicamentos para controlar epilepsias pero ella al saber que en realidad no tenía ninguna enfermedad simplemente no se tomo estos medicamentos y se negó a recibir más tratamientos, para su tercer intento usar pastillas para dormir se tomó una caja completa, ella momentos antes de acostarse pensó que había votado la caja de las pastillas pero para su desgracia su madre al otro dia al ver que ella no se levantaba la encontró en su cama con la caja de pastillas en su mano, por lo que fue llevada por primeros auxilios, luego de ser atendida y sobrevivir a su tercer intento de suicidio, Juanita no podía ver a los ojos de sus familiares, tenía sus motivos para intentar quitarse la vida pero su familia de seguro no los entendería y de entenderlos lo único probable es que los amargaria con su forma de ver la vida.

A Juanita no se le permitió salir de la clínica, la obligaron a tener una cita con una psicóloga, como ya no podía escaparse de lo que le esperaba Juanita trato de ser sincera con la psicóloga haber si de paso podía ayudarle, el caso fue que Juanita no supo si la psicóloga entendió o no su punto de vista, lo único que hizo esa mujer fue enviarla a un centro de reposo mental (manicomio) por quince días.

Segunda Parte

La vida de Juanita se tornaba como una trágica vida sin sentido alguno, al final de cuentas con sus intentos de suicidio no logro nada solo que la llevaran contra su voluntad a un manicomio, Juanita no era una loca que pareciera de enfermedades mentales, no era una loca que atentara contra la vida de otros o la suya, simplemente veía el mundo de forma distinta, simplemente no le hallaba sentido a la vida, su locura era simplemente pensar diferente.
¿Acaso Juanita Carolina necesitaba ayuda de psiquiatras y psicólogos? Quizá si o quiza no, aun si ese fuera el caso lo cierto es que no encontraría ayuda

alguna en un manicomio, una persona que está sufriendo por sus propios pensamientos no le hace bien ser encerrada en un lugar donde no pueda ocupar su mente en absolutamente nada, el manico en el que había sido internada Juanita no tenía absolutamente nada, no había siquiera locos de la misma edad de Juanita para ella tratar de socializar, aunque los médicos y enfermeras que la atendieron fueron muy amables jamás entendieron los motivos de Juanita para haber hecho lo que hizo.

Al final de cuentas era una institución pública la que había internado a Juanita, como en todo país del tercer mundo los hospitales públicos no tienen los equipos y sus médicos poseen pocos recursos para atender a los pacientes, Juanita nunca recibió ayuda de un médico por su intento de suicidio, en los quince días que estuvo internada en el manicomio solo se le privó de la libertad, esto sin duda alguna más motivos le daba para añorar su muerte, sin embargo Juanita después de esta experiencia no volvería a intentar un suicidio, al menos a corto plazo.

No fue realmente mucho lo que Juanita vivió en el manicomio, después de todo no había mucho que hacer, no estaba lo suficientemente loca para entablar una amistad con los demás pacientes, hizo una que otra amistad con algunos enfermeros, como el manicomio debía recibir otros pacientes y Juanita de los internos era prácticamente la menos peligrosa para la sociedad no les quedó de otra que liberarla, eso sí quedó advertida de que otro intento de suicidio fallido le significaria un encierro más prolongado.

Juanita no reflexiono nada en el manicomio seguía igual creyendo que no tenía sentido la vida, seguía sin encontrar un motivo para vivir y tenía pocas cosas que hicieran sentirse a gusto con la vida, odiaba sentirse así pues sabía que su vida era privilegiada en muchos aspectos, pero así era como se sentía, esta era su naturaleza, no busco ayuda para sentirse mejor pues cualquiera que salga de un manicomio va a hacer todo lo posible para no volver, así que ayuda psicologica no podía buscar, con sus familiares tampoco y no tenía amigos con un nivel de confianza lo suficiente grande para pedirles ayuda, simplemente se sentía sola y no abrirá sus sentimientos al mundo por algún tiempo.

Superar su paso por el manicomio no sería fácil para Juanita pues toda su familia se enteró de su intento de suicidio y aunque habían sido comprensivos y no le decían nada, ella sabía que nunca más volverían a verla como antes, sabía que si cualquier otra persona se enteraba de ello no volverían a verla igual, quizá lastima o rechazo sentirían hacia ella, no le importaba después de todo Juanita nunca fue de muchos amigos pero si temía por los chismes que se pudieran desatar contra su familia, de cualquier forma pasó un tiempo en el cual la familia de Juanita trato de subirle el animo y devolverle las ganas de vivir, aunque sentían miedo de dejarla sola le permitieron seguir teniendo privacidad y ella trato de dar de lo que recibió, trato de confiar más en sus familiares y seguir su vida, sin preocuparse por su pasado o futuro, solo le importaba estar bien consigo misma en el tiempo presente.

Juanita era muy afortunada aunque si bien seguía recordando sus fallidos intentos de suicidio y aun la atormentaba todo lo que había estudiado y su forma de ver al mundo, duró un tiempo en el que Juanita trato de no importarle absolutamente nada, mandó al carajo todo pensamiento que sentía sobre el medio ambiente, personas indefensas a la situación de su país, al fin y al cabo ella como individuo no podía hacer nada por cambiar esa situación, creía que fueron sus preocupaciones sobre el mundo lo que mas la enfermaba.

Juanita solo trataba de enfocar su atención en cosas que para ella eran graciosas, evitaba las charlas incómodas, se aisló mucho más lo que a mediano plazo la ayudó a seguir sintiéndose sola, aunque al principio ella creía que ignorando los problemas del mundo iba a ser feliz se termino dando cuenta de que esto era una falsedad, ella ya era consciente de los males del mundo y por mas que trataba de ignorarlos no podía negar que existían, recapacito y se dio cuenta que la indiferencia no solucionaría sus problemas como individuo y que mucho menos ayudaba a la sociedad.

¿Que podía hacer Juanita para estar en paz y feliz? Su mente cada dia estaba mas confundida, cada dia seguia sintiendose inconforme con su vida, cada dia se sentia mas diferente y se aislaba aún más del mundo, Juanita reflexiono sobre todo lo que había hecho en su corta vida, comprendió que parte de su estado mental herido, solitario y con falta de sentido podría ser debido a la falta de amistades, por lo que emprendió un nuevo episodio en su vida, dejaría atrás sus intentos de suicidio y su paso por el manicomio para buscar nuevas amistades, solo que en el momento no sabía por dónde empezar pues no podía contar con amigos que le presentarán nuevas amistades, no quería recurrir a sus familiares pues no quería mendigar amistad y eso pensaba que podría pasar pues temía que sus familiares le contaran a las personas de su intento de suicidio para que sean sus amigos, sus gustos literarios y musicales no eran muy comunes como para buscar gente con los mismos, no era mucho de ir a conciertos o eventos públicos, así que deseaba socializar pero sin duda no le sería fácil.

Tercera Parte

Socializar es fácil para muchas personas, pero no para una persona que desde pequeña había prácticamente odiado socializar, alguien que en toda su infancia cuando no estaba en la escuela estaba encerrada en su casa y que no tenía la costumbre de iniciar una conversación, Juanita era de esas personas que nunca hablan si no les preguntan nada.

Poco a poco Juanita consiguió unos amigos o ellos la consiguieron a ella, no se volvió la persona más sociable de todas pero sí pudo entablar relaciones amistosas con una que otra persona, de las cuales la mayoría eran personas de su sexo opuesto, pero Juanita muy poco sabía interactuar con hombres, malinterpretaba su amistad y creía que de esa amistad podría nacer el amor, ella al observar muchas parejas que parecían felices a su alrededor pensó que para ser feliz más que tener amistades debía buscar el amor por medio de una pareja, pero para su desilusión de todos los chicos que conocía ninguno quiso ser su novio, la gran mayoría se alejaban de ella, trato de hacer amigos en redes sociales pero la mayoría de veces en las que interactuaba con un hombre después de unos pocos saludos este dejaba de saludarla, su desdicha aumentaba creía que además de no ser feliz nadie gustaba de su compañía, sentía que quería amar y dar lo mejor de sí en una relación pero nadie le dio una oportunidad para demostrar su amor, si antes se sentía sola luego de experimentar tantos rechazos esa sensación de soledad se incrementó de forma muy perjudicial para su autoestima y deseos de vivir.

Juanita había perdido todo deseo de hacer amigos, al obsesionarse con la fantasía de tener un novio y el no ser nunca correspondida ella simplemente quiso olvidarse del querer interactuar con otras personas y trato de concentrar su mente de nuevo en otras cosas, cosas que requieren de poca interacción con otras personas.

Juanita había entrado en un horrible ciclo en su vida, se desilusionada del amor y luego de ello llegaba alguien a su vida, un hombre con el que entablaba una amistad, luego de que esa amistad naciera ella comenzaba a ver a ese amigo como un futuro novio pero luego para su desgracia esa persona resultaba ennoviado con otra persona o simplemente no gustaba de ella, ella o él terminaban alejándose y moría la amistad y luego después de cierto tiempo Juanita volvió a conocer a otro chico y así comenzaba de nuevo el ciclo.

Juanita era consciente del ciclo que la estab a afectando y aunque trataba por todo medio posible no enamorarse de nadie, terminó por aceptar que aun si se decía que no queria una relacion amorosa eso era para ella lo que estaba impidiendo que ella fuera feliz, sin embargo ella no quería lamentarse por su destino decidió buscar de nuevo experiencias que le dieran felicidad, creía que asi podia divertirse y que quizá al tiempo podria encontrar alguien que fuera un amor correspondido, entre las nuevas actividades que Juanita comenzó a realizar viajar fue la preferida para ella, buscaba formas de generar más ingresos para costear sus viajes, buscaba trabajos online para que así no tuviera que dejar su trabajo en un negocio de su tío en el cual ganaba una buena paga y tenía tiempo libre, entre su trabajo con su tío y los ingresos que obtenía por Internet, obtuvo dinero para comenzar a comprar tiquetes de viaje, estaba comenzando a ilusionarse con viajar y había concentrado toda su atención a reunir fondos para viajar, pronto se ilusiono mas con ello y comenzó a ver cosas que no se usaban en su casa para venderlas y costear sus gastos, aunque su familia se disgustó un poco con ella por venderles sus cosas al final de cuentas la apoyaron y le permitirían vender las cosas siempre y cuando tuvieran mucho tiempo sin usarse.

Los primeros viajes de Juanita fueron a ciudades principales de su país, en dichas ciudades se entretenía con la gastronomía local, amaba ver edificaciones curiosas y estar en medio de zonas verdes, luego de estos viajes Juanita creía que entre más distante el destino sería más significativo para su vida llegar a él, por lo cual se decidió a atravesar una de las fronteras de su país, aunque aquella vez ella tenía mucho miedo de ir sola por lo cual fue con una amiga que tenía conocidos en ese país vecino, sin embargo ese viaje no fue muy satisfactorio para Juanita debido a que esa amiga no llevo dinero para costear sus gastos y ella prácticamente tuvo que costear los gastos de las dos, ademas de eso su amiga la llevó a un hogar de unos conocidos de ella en una ciudad muy curiosa pero en todos esos días dentro de esa ciudad muy pocas veces salían a conocer la ciudad, las veces que salían era a centro comerciales algo que a Juanita no le agradaba en nada pues ella quería conocer el mundo y no ver cosas que podía encontrar fácilmente en su pueblo natal; Las cosas con su amiga empeoraron debido a que ella comenzaba a pedirle dinero prestado para comprar cosas en esos centros comerciales, ella había ahorrado con mucho esfuerzo para vacacionar y sus gastos estaban medidos, no quería comprar nada de lujo para ella mucho menos iba a darle a otra persona dinero para que malgastara, dinero que Juanita había conseguido con mucho esmero, Juanita al darse cuenta de que esa amiga no era amiga y que solo era una vividora oportunista quería irse de regreso a su pais sola, pero de todas formas espero a su ex-amiga pues era alguien bondadosa y comprendía que su amiga no tenía dinero para volver por lo cual volvieron juntas a su país, eso sí tan pronto llegaron Juanita corto todo lazo con esa mujer pues aun si quería tener amistades no iba a permitir que otras personas se aprovechen de ella aparentando amistad.

Aunque fue mala su experiencia con su antigua amiga Juanita no renunciara al querer viajar al exterior, seguiría realizando viajes por todo su continente, volvería a viajar al país fronterizo que visito pero esta vez sola, para conocer todo lo que no pudo conocer por atenerse a los recorridos turísticos de su antigua amiga, después de volver a su hogar volvería a ahorrar para un nuevo destino, otro país fronterizo al suyo, lo recorrería fácilmente debido a los parecidos culturales con su tierra, en este país le fue muy bien y conoció las ruinas antiguas de una olvidada civilización, unas ruinas en medio de muchas selva que le daban a su vista un paisaje natural irresistible, en ese viaje conoció algunas personas que si bien no volvería a ver ni saber nunca más de ellas le enseñaron que se puede ser cordial con otras personas y que aun hasta las personas más sociables necesitan de vez en cuando a otras personas, Juanita había disfrutado bastante de este viaje, se había hecho menos tímida y llegó a su hogar muy feliz de esta experiencia, con ansias en ahorrar para tener más dinero con el que poder viajar.

En pocos años Juanita ahorrando con esmero y rebuscando ingresos de una y otra forma ella había logrado conocer más de la mitad de todos los países de su continente, en todos esos sitios había hecho amigos, tenidos vivencias de muchas clases y logro olvidar sus demonios internos que tanto la atormentaban, aunque seguia sintiendose inconforme con su vida sentía que esta ya tenía un significado, Juanita había conocido muchas de las ciudades más emblemáticas de su continente y lugares realmente hermosos, para ahorrar costos ella procuraba viajar en temporada baja pues así tiquetes y hospedaje eran mucho más económicos además de que así tenía la fortuna de que habrían menos personas algo que para ella era más cómodo.

Juanita gracias a los viajes por primera vez en todos sus años de vida adulta y joven ella se sentía realmente satisfecha y feliz, había tenido mucha suerte pues en todos los viajes había dado con buenas personas que le colaboraron mucho en sus aventuras, tuvo la fortuna de dar siempre con personas honestas y dispuestas a servirla, como ya había recorrido una gran parte de su continente su próximo paso sería conocer otros continentes y países que tuvieran un lenguaje distinto al de su país de origen, por lo cual comenzó a estudiar Inglés mientras alistaba su viaje al viejo continente, estaba ansiosa por conocer Europa pero sabía que debía estudiar mucho ingles pues a donde ella iría no podría hacer uso del español, su próximo viaje sería el más emocionante de su vida, pues este implicaba que rompiera muchos de sus temores, como el confiar en personas distintas a ella y el aprender a tener un pensamiento positivo de que todo pase lo que pase le saldrá bien.

Cuarta Parte

Juanita tuvo la mente enfocada en recorrer el mundo, cosa que fue logrando poco a poco, mientras trabajaba estudiaba Inglés en sus ratos libres y aunque no lo hablaba muy fluido en poco tiempo ella logro entender bastante su vocabulario y oraciones, cada vez que hablaba con alguien que no hablaba español ella aprendía a vocalizar y escuchar mejor junto con la mejora de su lenguaje corporal.

Juanita cuando visitó Europa por primera vez no quería conocer la Europa Occidental, en ese tiempo no se sentía preparada para conocer países como Francia, Alemania o Italia, más que todo creía que visitar estos países era muy costoso, por lo cual visitó Rusia, después de todo Rusia era uno de los paises con mas rica historia, un país lleno de cultura y que para ella estaba accesible, tuvo la fortuna de conseguir un vuelo de bajo costo para visitar este país, lo cual ella aprovechó.

Rusia fue el primer país fuera de su continente que visitó Juanita por lo cual para ella el ir a esta tierra fue como haber dado un paso en la Luna, se sentía increíblemente grande por haber llegado tan lejos, más cuando su madre y demás familiares si bien no pasaban necesidades tampoco pensaban nunca en lograr algo así, su familia rara vez salían del pueblo donde vivían, jamas pensarian siquiera lograr algo como ir a otro país, por eso Juanita se sentía como una astronauta, Juanita en Rusia tuvo que enfrentar muchos temores, el español no le servía para comunicarse y el inglés en muchos lugares no lo entendían tampoco, solo unas cuantas personas hablan inglés en las ciudades rusas que visito por lo cual Juanita aprendió las palabras más básicas del ruso y algo de gramática rusa para así poder escribir con el alfabeto cirílico, con esto y el lenguaje de las señas ella puedo visitar Rusia sin ningún problema, supero todo miedo que tenía y tuvo la suerte de conocer en el metro de Moscú un muchacho muy guapo, para su fortuna él hablaba inglés, por lo cual se entendieron bien, tanto ella como él se rieron bastante, caminaron por las calles del centro de Moscú varias horas, pero solo eso, se despidieron con un beso y un abrazo, Juanita regresó a los pocos días a su país, aunque siguió en contacto por redes sociales con aquel chico solo se saludarian de vez en cuando, nada más pues ninguno creía en el amor a distancia.

Después de haber tenido éxito en Rusia y en paseos anteriores, Juanita se sentía toda una aventurera, no temía visitar ningún lugar, su próximo destino sería visitar un país árabe, algo muy complicado para las mujeres debido a ciertas creencias religiosas y aspectos culturales de estos países, Juanita sabía que debía ser muy prudente pues no podía entrar a un país árabe sola así como en los otros lugares donde había estado antes, después de estudiar sobre los países árabes en la actualidad, vio un país lleno de rica cultura, con paisajes naturales y mucha historia, por todo esto le dio curiosidad este país y para su fortuna este país era árabe pero moderado, este país era Turquía, el país cuya ciudad más importante Estambul fue la cuna del Imperio Romano de Oriente y del Imperio Otomano, por lo cual Estambul fue el próximo destino que ella visitó.

Después de visitar Rusia, Juanita no tenía miedo alguno, como Estambul era un ciudad turística Juanita con su inglés e incluso con su español sobreviviría en la ciudad, sin embargo Juanita cometió el error que cometen muchas personas cuando cosecharon muchos éxitos, después de haber visitado tantos lugares de forma exitosa y haber dado con tanta gente cordial en su camino, Juanito dejó de ser precavida en muchas formas, esto le costó muy caro en Estambul, una ciudad mágica con muchas cosas interesantes, llena de paisajes, mercados y cosas llamativas pero también llena de estafadores en busca de turistas incautos.

Juanita estaba recorriendo la ciudad tranquilamente, tenía muchos lugares por conocer y como andaba sola no tenía que esperar a nadie por lo cual recorrió mucho en su primer dia, en el segundo un hombre bien vestido se cruzó en su camino, no tenía nada de raro le pidió el favor de que si le podía tomar una foto, Juanita de forma amable con su celular le tomo una foto, luego de esto se disponía a regresar a su hotel, cuando dicho hombre de manera intensa le insiste en salir con ella, ella le dijo que no pero aquel señor fue muy intenso y ella ya que no socializaba mucho y hacía muchos años que no iba un bar decidió ceder y ir con aquel sujeto a un bar, pensando solamente en tomar un trago y hablar un poco, grave error pues el supuesto bar era un lugar de trata de blancas, en ese lugar aquel hombre y otras personas (otras mujeres y algunos hombres) la rodearon en una mesa mientras todos fingían tomar tragos, bailaron alrededor de ella y luego cuando pensaban que ella estaba ebria trataron de cobrarle a Juanita una cuenta por esos tragos por un valor de 20.000 dólares, Juanita trato de decirles que aquel hombre que la llevó le había invitado los tragos, luego de que esas personas hablaban con ella inglés, al momento de llegar los cobradores solo hablaban en turco y entre todos decían que Juanita les estaba gastando los tragos, los cobradores en forma agresiva golpearon a Juanita por no tener el dinero, le quitaron la mayoría de sus pertenencias, por fortuna tenía su celular escondido y el pasaporte en su hotel, luego la querían llevar a otro lugar a trabajar como prostituta el tiempo suficiente a cambio de que su deuda fuera saldada, Juanita aprovechó un descuido y salió de ese lugar corriendo sin mirar atrás, no le importaba cruzar las avenidas y que un carro pudiera atropellarla, lo único que deseaba era huir de esos criminales, ya a cierta distancia sin nada de dinero y demacrada tuvo que mirar imágenes en las señales de tránsito, tenía que mirar hacia donde quedaba la Mezquita de Santa Sofía, pues en calles cercanas estaba su hotel.

Juanita se sentía humillada pues se le robo todo lo que tenía con ella y fue golpeada sin causa alguna, todo porque fue ingenua y confío en alguien que abusó de su buena fe, nunca antes se había sentido tan mal, ahora Juanita volvia a sentir los fantasmas de su pasado, poca autoestima, nulo aprecio por la humanidad, deseos de suicidarse y miedo de todo el mundo, pensaba que lo mejor sería lanzarse de un puente de Estambul al Mar y dejarse ahogar, pero se sentía aún peor porque no era capaz de quitarse la vida de esta forma, después de caminar por mucho tiempo finalmente llegó a su hotel, donde se acostó tratando de por un segundo no pensar en lo que le había sucedido.

Amaneció y Juanita estaba destrozada por lo que le paso, no estaba en si, sus nervios estaban tan alterados que no fue capaz de levantarse de su cama, no quería comer nada, solo se estaba sumergiendo en una profunda tristeza a causa de lo que le pasó la noche anterior, mientras estaba en esa situación ya un poco más calmada buscaba en Internet si podía denunciar ese acto a la policía, pero a la final se dio cuenta que además de ser una pérdida de tiempo ya que no recordaba bien la apariencia de aquellos ladrones, la Policía Turca en muchos casos eran cómplices de esos estafadores de turistas y tratadores de blancas, pensaba que con ir a la policía corría el riesgo de volver a exponerse, comprendía que no podía llorar sobre el agua derramada y que solo le quedaba tratar de pararse y seguir su vida, poco a poco se calmó y agradeció a la vida porque aun si fue robada y humillada pudo salvarse de ser prostituida contra su voluntad.

Juanita sabía que no ganaba nada lamentándose por lo que le ocurrió, así que al siguiente dia se levanto de su cama, para su fortuna había pagado todas las noches de hospedaje los días que iba a quedarse y su vuelo de regreso también ya estaba reservado, pero de todas formas necesitaba de dinero para poder comer los días que le quedaban en Estambul y para pagar el transporte al aeropuerto que estaba fuera de la ciudad, pensó en prostituirse pero esa opción estaba castigada con cárcel en Turquía, no tenía visa de trabajo ni hablaba turco para emplearse así fuera de mesera por lo cual tampoco podía hacer eso, solo le quedaba mendigar por lo cual Juanita con la ayuda de un traductor elaboró dos notas una en inglés y otra en turco explicando lo que le había pasado para poder pedir limosna; Juanita se preparó mentalmente para mendigar, nunca había hecho esto por lo cual tenía mucha pena de ello pero era eso o no poder reunir siquiera para volver a su país, por lo cual dejó la pena aun lado y se subió al metro de la ciudad subiendo en los trenes pidiendo ayuda, la gran mayoría de personas no le colaboraban, algunos la trataban mal aun así ella continuó mendigando, cuando recibió la primera moneda dio las gracias a la persona que se la dio y recobró algo de moral, algo que no tenía en absoluto pues además de haber sido humillada y robada ahora recibía muchos no e incluso insultos, en muchos trenes ni siquiera le daban una moneda, pero no importo aunque sola una de cada treinta personas en promedio le daban una moneda, poco a poco estaba reuniendo algo de dinero, ya era mediodía y una de las personas a las que le contó lo que le había sucedido le invitó a almorzar, Juanita tenía mucho temor sin embargo al final aceptó, al fin de cuentas ya no tenía nada que le pudieran quitar, ya no iba a ser tan confiada de ingresar a sitios oscuros o distantes de la ciudad y por último aquel hombre ya de edad avanzada no fue insistente como el otro solo le ofreció su ayuda.

Aquel anciano llevó a Juanita a un albergue en donde se le daba comida a personas necesitadas, se les ofrecía sopa de pasta, pan y agua, Juanita estando ahí vio muchas personas que habían sufrido experiencias bastante dolorosas, en aquel sitio reflexiono sobre su vida y comprendió que ni aquella traumática vivencia que tuvo hace poco ni todas las cosas por las que se aquejaba en el pasado eran algo grande comparado con el sufrimiento de muchas otras personas, pasaron los días y Juanita subsistió con las monedas que reunió pudo retornar a su país sin problema alguno, aunque se sentía mal por aquella experiencia, seguiría con sus proyectos de vida, aprendería de sus errores y valoraria mucho más todo lo que tenía como su madre que siempre estaba para ella.

Quinta Parte

Al retornar a su país Juanita decidió por un tiempo no viajar más, quería concentrarse en algo diferente, quería aprender algo nuevo y eso sería el aprender a montar moto, aunque no tenía dinero Juanita fue a una tienda de motocicletas y le vendieron una moto a credito, ya tenia con que practicar, pero había un problema y era que Juanita nunca antes había montado ni siquiera una bicicleta, al no saber montar bicicleta Juanita no tenía el equilibrio necesario para manejar una moto.

Juanita tenía su mente ocupada en aprender a manejar moto, esa era su principal meta en aquel momento por lo cual se consiguió una bicicleta prestada con la cual pudiera practicar, todos los días en el negocio de su tío ella practicaba en los ratos en lo que no había mucho trabajo, después de dos semanas de prácticas por fin pudo pedalear sin caerse, luego de esto comenzó a salir a las calles a practicar, aunque ya no se caía necesitaba desarrollar su inteligencia espacial pues en espacios donde pasaban muchas personas, si pasaba un carro al lado de ella empezaba a tambalear mucho al punto de ser un peligro para otras personas y ella misma, en ciertas ocasiones rayo unos carros al pegarse mucho con su cicla, en otra ocasión tumbó a un anciano con la cicla, fue a ayudarle a levantarse y el anciano de la cólera se puso bravo la grito y por poco si Juanita no se fuera corrió para atrás el anciano le hubiera dado tres puños, en otra ocasión le tumbo a una mujer el carro del mercado, todas estas experiencias le daba algo de pena a Juanita, pero sin importar nada ella perseveró hasta que aprendió a montar bicicleta para así poder comenzar a aprender a manejar motocicleta.

Juanita de la misma manera que dominó la bicicleta aprendió a manejar moto, aunque no manejaba bien con mucha práctica aprendió a manejar ambos vehículos, en poco tiempo no sufría en espacios reducidos, le gustaba manejar porque así al concentrarse en el camino olvidaba las cosas en las que pensaba a menudo, aquellas cosas que la hacían sentirse sola, sin sentido ni rumbo.

Juanita se cayó un par de veces pero por fortuna sin problema alguno, aunque sí en más de una ocasión se ganó uno o más insultos de otras personas, quizá algunas veces por su culpa, debido a alguna imprudencia otras veces porque aquellas personas o iban de afán o no estaban concentrados en su camino reaccionan de forma histérica hacia otros conductores, después de todo el tráfico en las grandes ciudades es causante de mucho estrés, ansiedad y angustia humana, Juanita ante estas situaciones trataba de ser lo más tranquila posible.

Juanita ya se sentia mas segura y el aprender a manejar motocicleta la ayudó a ser más madura, queria retomar sus viajes, aunque aun tenia miedo de lo que le paso en su último viaje deseaba volver a viajar, por lo cual planeo un viaje para dentro de un año por Europa, Asia y Australia, este viaje lo tomaria un mes y pensaba redimir sus errores, gastaría mucho dinero por lo cual trabajó fuertemente para ahorrar, después de todo no tenía compromisos ni amistades que la distrajeran de trabajar por sus sueños.

Sus primos anteriormente al ver como Juanita viajaba tanto sentían envidia de ella y luego de ver cómo compro una moto, trataban de persuadir a su tío para que la despidiera de su trabajo, aunque en un principio seria asi, Juanita le demostró a su tío que ella producía todo lo que ganaba, que ella todo lo que lograba era ahorrando y sus primos podían ganar igual o más que ella si no perdieran su tiempo y atendieran mejor a los clientes, por lo cual el tio la dejo seguir trabajando en su negocio pero esto para Juanita fue una advertencia, sabía que tendría que tratar de independizarse y tener un negocio propio para evitar problemas futuros, al no tener estudios universitarios ni ser sociable el buscar un empleo era algo que ella no podía hacer además de que ella no era amiga de cumplir un horario o contrato fijo pues eso le impediría tener tiempo para viajar y hacer otras actividades. Por lo cual en sus tiempos libres miraría posibles negocios que pudiera iniciar.

Aunque la envidia hacia Juanita persistía en su trabajo ella continuó, después de todo no tenía otra opción y ese trabajo era perfecto para ella, trataría de tolerar lo malo y agradecer lo bueno claro que seguiría buscando una forma de independizarse, paso el tiempo y ahorro lo de su viaje, pagó unos vuelos y se alistaba para el viaje más largo y placentero que había tenido en su vida.

Sexta Parte

Llego el dia en que Juanita cumpliria su sueño de hacer aquel largo viaje que tenía pensado, emprendió su viaje, recorrió muchos países sin problema alguno, su viaje tuvo momentos de toda clase pero sin que ella se hubiera expuesto a peligros, supo prever toda posible situación adversa, tuvo mucha ayuda por parte de otras personas y su viaje fue maravilloso en toda medida posible, como siempre visito paisajes naturales, antiguedades y ciudades modernas con una arquitectura deleitable, pero como todo en la vida su viaje tuvo comienzo y final.

Después de tantos viajes Juanita ya no tenía ganas de viajar, puede que quisiera experimentar algo diferente o los viajes se hayan vuelto una rutina para Juanita pero ya no tenía intereses al menos por el momento de viajar por lo cual deseaba experimentar algo diferente.

En todos sus viajes realizó experiencias de muchas clases, aunque aún tenía mucho por conocer Juanita sintió que ya era suficiente por lo cual ya no sabia que hacer para darle sentido a su vida, en los años en que viajó vivió muchas cosas, aunque como siempre lo hizo sola eso la hacía sentir mal, al final de cuentas ella no sufría por dinero, ni por su trabajo, ni por salud, pero lo que siempre había atormentado a Juanita era el no tener amigos y mucho menos una pareja, aunque vivió muchas cosas alrededor del mundo seguía siendo la solitaria mujer que era desde niña, una solitaria mujer que comprendía que nacemos solos y morimos solos pero que aun así siempre hubiera deseado tener a quien contarle sus anécdotas, tener alguien que le diga "te necesito", contar con personas con las cuales se pudiera apoyar mutuamente, aunque Juanita tenía a su madre siempre a su lado, Juanita no sentía bien con ello pues temía que el día en que ella falleciera ya no tuviera a nadie en que pudiese contar y pedir ayuda.

Aunque Juanita había aceptado ser una persona solitaria y duró años que no se interesó por crear amistades reconoció que siempre hubiera querido tener amigos y quería tenerlos, pero Juanita era consciente de que no podía obtener resultados diferentes si hacía siempre lo mismo, por lo cual quiso pensar en formas de conocer personas, algo presencial pues mucho años antes trato de conocer personas por medio de aplicaciones móviles pero no tuvo éxito en ello, aunque no sabia que hacer no era muy amiga de salir y mucho menos era de aquellas personas que te hablan mientras estás sentado, asistir a un iglesia, ir a seminarios, conciertos o demás no eran algo de su estilo, pero tenía que hacer algo si quería dejar de sentirse sola y como ya no quería sentirse una persona aislada y sin amigos quiso tratar de ser mas sociable. Llego la navidad, aunque en un pasado a Juanita al igual que cualquier niño le emocionaba la navidad, de adulta ya no lo interesaba en nada, solo veía la festividad como una fecha para estimular el comercio y la arrogancia de algunos en las redes sociales, además no le gustaba nada el cambio de año pues siempre todo subía con el pasar de diciembre a enero, en cuanto a conocer amigos Juanita no sabía aún cómo empezar, la navidad es una época especial para muchos pues pueden pasarla en familia y con sus amistades pero era para ella complicado hacer amigos, no quería pretender que le gustaba la navidad para socializar.

En navidad la gente trata de ser amable aunque el resto del año no lo sean, esto le parecía algo hipócrita a Juanita, era un forma de actuar similar a la de aquellos cristianos que son malos con su prójimo y se creen buenas personas por ir a una iglesia, además Juanita en una época trato de ser otra persona que no era para hacer amigos por consiguiente no iba a volver a cometer el mismo error dos veces, ella creía que si alguien iba a ser su amigo este debía aceptarla como ella es mas no seria un estereotipo o imitación de otra persona para tener amigos.

Cuando pasó la cena de navidad Juanita compartió con su madre y el resto familiares pero luego no se quedó a esperar hasta las doce, se fue a su cuarto a dormir como un dia comun y corriente, así mismo ocurrió en año nuevo, años antes Juanita tenía agüeros para recibir el año nuevo, agüeros típicos de su tierra natal como usar interiores de cierto color para tener amor o dinero, pero dejó de creer en ellos debido a que por años creía que con esto encontraría una pareja y jamás ocurrió.

Aquel nuevo año que Juanita emprendia no tenía sentido para ella, ya había hecho realidad sus metas y por el momento no tenia mas metas por las cuales luchar, sin motivación Juanita solo pensaba en aquello que no tenía ni había logrado, algo que para muchas chicas es fácil pero para ella no, el tener un novio era de las cosas que más añoraba

Juanita pero algo que nunca se le daba, no importaba si tratase de encajar en ciertas cosas o si fuera ella misma e incluso si ella era amable y servicial, simplemente todos los chicos la miraban como solo una conocida.

El único pecado de Juanita era que no le gustaban las fiestas, aunque ella tomaba alcohol de forma social y era abierta a experimentar cosas nuevas, además de ser una chica decente y trabajadora, Juanita no comprendía como otras chicas que eran infieles, holgazanas, ebrias, iracundas y con mas defectos tienen pareja y ella no, había oído decir de algunas personas que las cosas aparecen cuando se dejaban de buscar y eso fue lo que ella hizo por años, dejar de buscar una relación pero ni buscándola ni sin buscarla no dio con una persona que fuera atractiva para ella y le correspondiera con el mismo amor que ella estaba dispuesta a dar.

Matarse por falta de amor es algo ridículo, aunque Juanita por muchas cosas amaba y odiaba a la humanidad, comprendió que ya al carecer de objetivos pensaba más en lo malo que en lo bueno de los seres humanos y al pensar en ello perdía todo deseo de vivir, sabía que los problemas de su vida eran algo insignificante y que muchas personas pasan por muchas dificultades peores que las de ella, pero aun así sus deseos de quitarse la vida seguían latentes todo por algo que para muchos es algo absurdo: -el no tener una pareja-, algo que para muchas personas de su generación ya no era importante como en otras épocas de la humanidad.

Juanita era consciente de que más que los problemas del mundo, el mayor problema era de su mente, su mente que no hacia mas que pensar en cosas depresivas, como jamas fue amiga de ir a una psicólogo y temía que por tratar de hablar con uno de ellos la internaran en una clínica de reposo mental, prefería estar lejos de todo aquel que ejerciera la psicología, sin embargo ella estudiaba mucho sobre psicología para comprender lo más posible su pensamiento, creía que a veces mucho conocimiento es la causa de los lamentos, pues veía a muchas personas que nunca estudiaban ningún tema y eran muy felices en medio de su ignorancia, pero ella amaba adquirir nuevos conocimientos, no era amante de las charlas vacías, de estar encerrada en una cantina, de ser fanática a un culto deportivo o religioso, aunque ella no se sentía feliz al tiempo creía que sí lo era pues sentía satisfacción de ser ella misma.

El problema de Juanita era su resistencia al cambio, no era una persona amante de buscar amigos y pues sabía que si deseaba tener un novia tenía que cambiar esto pero, simplemente jamas lo hizo, prefería hacer todo tipo de cosas antes que socializar y eso no era solo su problema muchas personas de su generación eran aún menos sociables que ella, ella al menos viajaba por el mundo y tenía un trabajo en el que todos los días hablaba con personas, muchos otros solo se la pasaban frente a una computadora o teléfono celular todo el dia.

Al fin y al cabo Juanita pensaba que la vida era algo absurdo, aunque para algunas personas puede tener sentido y para otras no, para Juanita la vida tenía o no sentido de acuerdo a las decisiones personales de cada quien, cada persona vivía de acuerdo a sus decisiones y aunque algunas personas nacen con ciertas ventajas que otras no tienen, cada quien al fin y al cabo decide como querer vivir, para Juanita el destino no existe y por lo tanto no hay ni cielo ni infierno, el cielo o el infierno cada quien se lo hace con sus decisiones en la vida, Juanita por consiguiente tenía dos caminos a elegir, seguir buscando metas y objetivos que le dieran ánimos de vivir o simplemente buscar la forma de terminar con su vida, la ultima opcion sin duda era el camino más fácil, era la más tentadora para ella, sin embargo era la opción más cobarde de todas, por lo cual si bien seguirá sin tratar de buscar una pareja si trataría de tener nuevas metas en su vida, metas que le dieran motivos para querer seguir viviendo, se enfocó en su futuro financiero, quería emprender un negocio que le permitiera independizarse de su Tío o en su defecto hacerse a un inmueble para poderlo arrendar y tener ingresos extras.

Séptima Parte

Pasado un año de su último viaje Juanita al no tener una vida social activa ni tener gastos como la renta, logró ahorrar algo de dinero para invertir, miro cdts, acciones, fondos de inversión, pero ninguna de las opciones mencionadas le llamó la atención para invertir debió a la rentabilidad baja, finalmente probó con el Forex invirtiendo 100 dólares pero su falta de experiencia en ese campo y ciertas cláusulas la hicieron perder todo su dinero, por suerte invirtió un monto mínimo para experimentar.

Juanita no tenía suficiente dinero para un inmueble y al no tener seguridad social ningún banco le daba créditos para poder comprarse una casa, esto la dejaba algo desmoralizada pues por más que ahorrará durante años jamás podría comprar su casa, ya que con la inflación lo más seguro era que apenas tuviera el monto que le pedían por la casa que añoraba esta iba a valer mucho más.

Juanita tenía en su comunidad fama de ser una persona buena paga, al querer ella hubiera podido dar con un prestamista particular que le prestara, sin embargo los prestamistas de su comunidad eran muy famosos por ser usureros y en caso de colgarse con los pagos lo más seguro era que le cobrarían interes sobre interes, algo que Juanita no estaba dispuesta a aceptar; Unos de sus tíos radicado en una pequeña zona rural le ofreció un negocio que aunque no era el más ideal le permitía a ella hacer realidad su sueño de tener un inmueble, un conocido tenia en venta un lote y pues aunque a Juanita le faltaba más de la mitad para pagarlo, su tío habló con el propietario para que le vendiera a Juanita el lote a credito, con la condición de que apenas Juanita termina de pagarlo ella recibiría las escrituras, ella al saber que ese conocido era un amigo de su tío pues aceptó el negocio, pagó una la primera parte con sus ahorros y luego el otro año pagó más dinero, de últimas ya tenía reunido el dinero para terminar de pagar el lote pero se enteró que el lote estaba en proceso de división y aún no poseía escrituras, aunque sus familiares le decían que se calmara que el señor que se lo vendió se lo entregaría con todo lo legal, Juanita no se estreso por este tema, simplemente les dijo que no terminaria de pagar el lote hasta recibirlo con escrituras al dia, tenia la opcion de ocupar el lote para ejercer dominio al mismo, sin embargo al no serle rentable dejar su vida en su ciudad natal por cuidar el lote solo le quedo confiar en la palabra de sus familiares y de aquel hombre que ella apenas vio un par de veces.

Como no podía hacer nada por el momento con el lote que estaba comprando Juanita dejo ese tema quieto y fijó su atención en otras cosas, tuvo una oportunidad de oro para ella y la perdió de forma muy estupida: Sucedió que Juanita había chateado con un chico con el cual tuvo mucha química, era una persona agradable pero nunca lo había visto en persona, un dia por azares del destino lo vio en persona por coincidencia, pero Juanita si bien creyó reconocerlo actuó como si no hubiera sido él, él sí le dijo que la había reconocido y al recibir de Juanita una charla fría pues este se ofendió con ella y dejo de hablarle, Juanita en ese instante perdió la oportunidad de tener una buena amistad y quiza algo mas.

Después de la experiencia con aquel muchacho Juanita quedó en un estado de decepción de sí misma, se sintió mal consigo misma porque aquello que más añoraba se le pudo haber presentado y ella de forma tonta lo tiro a la basura, puede que aquel chico actuó de forma radical y que aquello quizá no fuera tan grave pero el caso fue que el error era de Juanita, de seguro ella a no estar acostumbrada a interactuar con personas fuera de su trabajo no supo expresarse bien, solo le quedaba aprender de dicho error y tratar de aprender de su error; comprendió que su forma de hablar con otras personas podría ser un causante del porqué nadie se enamoraba de ella.

Lo que iba del año a Juanita no le había ido bien no solo con el tema de su lote ni con sus deseos de tener amor, con todo negocio que intentaba emprender si no descubría a tiempo que era una mala inversión terminaba invirtiendo y perdía dinero, una vez más no podía recordar las cosas buenas que tiene la vida debido a los resultados negativos en sus metas, aunque aprendía de sus errores esto no era suficiente para que se sintiera bien consigo misma y quisiera la vida, creía a ratos que debía volver a viajar y nunca más pensar en la libertad financiera, el amor o siquiera en el futuro lejano, creía que al fin y al cabo lo único que le debía importar era vivir el presente, pero también era consciente de que de llegar a tener una vida larga algún día se volvería vieja y no podría trabajar más por lo cual le era conveniente pensar en un plan de jubilación, por eso era que no deseaba renunciar a tener propiedades o inversiones rentables.

En vista a su estancamiento Juanita decidió que no se iba a angustiar, dejaría de afanarse por cómo le iba, seguirá ahorrando de forma prudente y en temas amorosos como siempre trataría de seguir su vida sin pensar mucho en eso, sus últimos días despertaron en ella una especie de desinterés por todo, trataba de ser agradecida con la vida pero al tiempo esta no estaba siendo placentera para ella.

Si las cosas en la vida de Juanita no iban bien, en el mundo si que menos, incendios en el Amazonas, en Australia y en muchas partes de África era lo que se veía en las noticias de todos los dias, ni hablar sobre las constantes guerras en el medio oriente debió al control de las rutas petroleras y por último la corrupción de su país que todos los días era mencionada en las noticias, el mundo desde el Internet parecia un total caos para Juanita, su vida personal tampoco era muy prometedora, las pocas noticias que se podían llamar buenas eran de cosas sin utilidad alguna como "pintarse la cara por x o y causa" o "una nueva moda de vestir", algo que quizá para otras personas eran buenas noticias pero que para Juanita esto no era más que distracciones y cosas sin impacto positivo alguno a los problemas del mundo.

Juanita dejó por un instante de pensar en sí misma y gastó una parte de sus ahorros en mercados para entregar en una fundación de adultos mayores, aunque esto la hacía sentir bien, no le era suficiente para estar bien consigo misma así que busco otras formas de ayudar a su prójimo, a veces recogía basura de la calle, otras veces invitaba a otras personas a reciclar, trataba de llevar alimentos a fundaciones protectoras de animales, esto la hacía feliz pero aun asi no se sentía satisfecha, sobretodo cuando pensaba en que quizá ayudar a que ancianos tuvieran una vida más longeva a la larga era gastar recursos en ellos que podían ser destinados a personas más jóvenes, ayudar a perros callejeros no ayudaba a miles de animales desplazados a diario por las actividades humanas y que por cada persona que recoge basura lamentablemente hay miles que tiran basura de forma inconsciente en la calle.

Octava Parte

Juanita no había tenido éxitos en muchas cosas, había tratado de ayudar a hacer del mundo un lugar mejor pero sentía que sus esfuerzos eran algo en vano y que el mundo estaba perdido, aunque recorrió el mundo, tuvo aventuras sin fin y casi toda meta que se propuso la pudo cumplir, algunas cosas que no logro como el no conocer una persona que la amara o el ver cómo sus ahorros se fueron en un lote el cual nunca pudo aprovechar por no resolver el tema de las escrituras, la hicieron finalmente renunciar a todo deseo de vivir, aunque contaba con una familia que la amaba y tenía una vida muy buena ella simplemente no pudo recuperar las ganas de seguir viva y había resuelto que lo mas facil seria quitarse la vida.

Juanita estaba decidida a buscar una forma de morirse, pero tampoco quería que su muerte fue absurda o ridícula, quería que su muerte fuera su último intento por tratar de colaborar a un mundo mejor, deseaba buscar una causa en la cual pudiera sacrificar su vida en pro de un ideal noble, en esos días algo injusto ocurría en su país, los impuestos iban a subir para cubrir gastos estatales, esos costos no eran nada más que el satisfacer un aumento de salario para congresistas, Juanita al igual que muchas personas vio esto como algo injusto y deseaba por poder hacer algo para que aquellos congresistas que siempre legislan para enriquecerse a costa de los impuestos de gente trabajadora tuviera su merecido.

La muerte perfecta para Juanita era el poder ingresar al congreso de su país con una bomba y poder morirse con todos aquellos senadores corruptos, aunque ella era realista y sabía que era muy poco probable que ella pudiera armarse con un artefacto capaz de hacer tal fantasía realidad y que era mucho menos probable que la dejaran entrar en el congreso, por último en el remoto caso de que su muerte ideal se hiciera realidad sabía que de matar a aquellas personas otros tomarian su lugar, aun si deseaba con firmeza que su muerte pudiera mandar un mensaje de justicia a su sociedad.

Juanita no estaba tan loca ni era capaz de hacerse de contactos en el bajo mundo para hacerse de un arma, aun si pudiera no tenía dinero para pagar por algo de ese estilo, eso la hacía sentirse insignificante en el mundo, así que no le quedó de otra que pensar en otro intento de suicidio, al fin de alcabo lo que sobraba en su sociedad eran injusticias, impunidad y actos de corrupción, habían muchas personas que deberían recibir su merecido.

Mientras caminaba por la calle un dia Juanita fue testigo de un acto de crueldad injustificado, en un callejón cerca habían tres sujetos abusando de unos perros, aquellos sujetos mataron a la mama de aquellos cachorros, le cortaron la cabeza y votaron el cadáver frente a los cachorros, solamente con el propósito de burlarse del dolor de aquellos animales, esto para Juanita era algo despreciable, en su momento no hizo nada pues no tenía la forma actuar contra esos hombres, pero había una ferretería cerca ella sin dudar compro una martillo de alto impacto, junto con otras herramientas, espero a que aquellos hombres se fueran del lugar, una vez marcharon los seguiría, cuando esos hombres se separaron ella los analizo y se fue detrás del que parecía más débil, una vez aquel hombre estaba solo Juanita se cercioro de que no hubieran testigos, con su chaqueta se cubrió el rostro y corriendo hacia aquel hombre con su martillo de alto impacto le sentó un golpe en toda la cien de aquel sujeto, el tipo tambaleo, ella se asustó pues si aquel hombre se recuperaba se meteria en problemas, por lo que con su martillo continuó golpeando la cabeza del sujeto, sacó un destornillador de estrella y lo introdujo en la oreja izquierda de aquel desgraciado, luego con el martillo golpeó al sujeto en toda la boca para evitar que este hablara, el tipo cayó al piso, para su fortuna su víctima estaba ebria por lo cual nadie salió a mirar aquella escena, la gente pensaba que se trataba de una pelea de borrachos, Juanita huyó y no supo si había matado o no a aquel hombre, pero se sintió realmente feliz, sabía que esto no arreglaba el daño que aquellos hombres le hicieron a aquellos perros, era consciente de que la policía la buscaria pero no le importaba pues al fin y al cabo pensaba morirse y con ello tenía un motivo más para morir: el no ir a prisión. Juanita llegó a su casa como cualquier dia, en la mañana siguiente miro las noticias y no salio nada de aquel sujeto, luego de esto, Juanita había encontrado un motivo para vivir, era hacer sufrir a personas desagradables, esto le dio mucho más placer que viajar o practicar deportes extremos y a su vez aun si no era del todo cierto pensaba que con esto estaba haciendo un bien en el mundo, claro está que Juanita era consciente que de seguir haciendo estos actos en la zona donde vivía tarde que temprano las autoridades iban a dar con ella, por lo cual se propuso hacer algo, volvería a viajar por el mundo, en sus viajes dedicaría parte de su tiempo a buscar personas desagradables para torturarlos e incluso de ser necesario quitarles la vida, para costear sus gastos robaría el dinero que portaran sus victimas, despues de todo ladron que roba a ladron tiene mil años de perdón, vio en esto una vocación bastante conveniente para su vida, pues se ganaría un dinero extra, viajaría por el mundo, castigaría a personas que hacen del mundo un infierno y de paso sentía la emoción por huir de las autoridades sin dejar rastro alguno; Y ¿cual era su plan por si la llegaban a capturar?: ¡Sencillamente quitarse la Vida!

Capítulo 2: Viviendo su Vocación.

Primera Parte

Juanita era una persona totalmente nueva, ya no era la chica que carecía de sentido tampoco aquella que se deprimia por cosas que al fin y al cabo no importan, ahora ella pretendía ser una especie de justiciera, una justiciera que aun si no tenía recursos haría lo posible por darle un castigo a personas desagradables, claro está que ella era consciente que debía escoger muy bien a sus víctimas pues de no hacerlo podría terminar lastimando personas que si bien en un momento obraron mal la mayoría de las veces podrían ser personas de bien, el bien y el mal en la vida van siempre unidos, algunas buenas acciones son el camino al infierno y de algunas malas acciones pueden darse buenos resultados, ella era consciente de eso y quería obrar de la forma más sensata posible pues era consciente de que el hacer lo que pensaba hacer la volvía una mala persona mas sin embargo sus actos podrían tener resultados beneficiosos para el mundo pero sí sabía actuar específicamente contra personas malas en forma absoluta pues de lo contrario podría terminar siendo una persona tan mala como aquellos a los que odiaba.

Finalmente Juanita supo de aquel sujeto que atacó a martillazos, salio en noticias que aquel hombre estuvo hospitalizado por varios días y que del destornillador incrustado en su oreja el hombre perdió la audición por ese lado, sus heridas en la boca le costaron su dentadura y para su fortuna al no verla ni poder describir cómo fue agredido, los únicos sospechosos en el caso eran aquellos hombres que lo acompañaron cuando realizó aquel cruel acto que desató la furia de Juanita; Juanita agradecida con el destino estaba ansiosa por encontrar una nueva víctima.

Juanita ya sabia a donde iba a buscar a su próxima víctima, viajó de nuevo a Estambul (Turquía) aquella ciudad donde unas personas abusaron de su ingenuidad, sabía que era muy improbable que diera con las mismas personas y aun si diera con ellas ya no recordaba sus rostros, pero al conocer ya esa forma de robo, Juanita actuaría como una víctima, al llegar a Estambul como la vez pasada busco una ferretería, compro una hacha corta y unos alicates los cuales pudo guardar en un bolso, al llegar la noche volvió a caminar como si nada por donde fue víctima la última vez, efectivamente dio con un tipo que le insistió en tomarse unos tragos con ella, le insistió bastante ella después le dijo que lo acompañaría, pero esta vez aquel sujeto no la subió en taxi ni le dijo que le pagaría todo, solo iba caminando con ella por la calle, ella al estudiar los patrones se dio cuenta de que lo más probable era que aquel tipo no deseaba estafar, por lo cual se disculpó con él y se fue a su hotel, a Juanita le dio risa aquel dia, nunca algun chico le había coqueteado y ahora que uno por fin la invitaba a salir ella por estar enfocada en su misión lo rechazó.

La siguiente noche Juanita de nuevo empezó con su cacería, esta vez dio con un tipo con el cual los patrones concordaban, uso la misma táctica de pedir que le tomaran una foto, la invitó de forma insistente a salir y la llevó en taxi por toda la ciudad, de forma exagerada hablada de sí mismo como un hombre rico e importante, llegaron a un bar, pero esta vez Juanita no entro al bar y le dijo a aquel sujeto que fueran a otro lugar, aquel hombre de forma intensa le dijo que no que debía ser en aquel lugar, Juanita al no tener dudas de lo que pensaba hacer aquel hombre con ella si seguía sus órdenes le volvió a decir que no entraría allí, aquel hombre le agarró la mano rápidamente tratando de persuadirla para que entrara con él a ese lugar, había muchas personas en el sitio

Juanita no podía hacer lo que pensaba hacer en ese lugar, pero tampoco podía entrar al sitio que deseaba aquel tipo pues sabía que le esperaba si lo hacía, Juanita optó por un tono más conciliador pues no quería renunciar a lastimar a aquel hombre y no volvería a ser víctima de una humillación, le dijo de forma amable a ese hombre que estaba nerviosa, que nunca había entrado a un sitio de esos, que por favor caminara con ella por la zona mientras se relajaba, el tipo sabía que por la hora era ya tarde para encontrar a un nuevo turista incauto así que para tratar de despertar confianza en Juanita terminó por acceder, caminaron por un largo tiempo hasta que llegaron a un callejón, Juanita actuó como si sintiera curiosidad por lo que había en ese callejón le dijo a su víctima que entraran a ver que habia ahi, el accedió aunque mostrando desconfianza.

Ya en el centro del callejón Juanita trato de distraer al sujeto y mientras el volteo ella saco su hacha corta y con ella trato de propinar un corte en todo el cuello, para su desgracia el tipo alcanzo a ver sus intenciones y se echó hacia atrás, al ver las intenciones de Juanita aquel hombre se lanzó hacia ella con todas sus fuerzas le agarró ambas manos y se tiró al piso quedando encima de ella, Juanita solo pudo darle una patada en los testículos, el tipo resistió la patada y soltó la mano izquierda de Juanita para propinarle una cachetada, lo cual fue un grave error pues Juanita sin pensarlo dos veces le chuzo los ojos, el tipo por reflejos trato de sobarse los ojos con ambas manos, una oportunidad de oro para Juanita pues rapidamente cogio de su bolso los alicates, se arrastro hacia los testículos del sujeto y con los alicates exprimió con todas sus fuerzas un testículo, tan grave fue el dolor para aquel sujeto que tan solo grito y callo al piso, al poder levantarse Juanita agarró rápidamente la hacha corta que había caído no muy lejos de ella y esta vez sí pudo sentar un corte con ella al sujeto en todo el brazo, el corte si bien no le rompió al tipo el brazo le corto toda la carne hasta chocar con el hueso, aunque el hacha se trató de trabarse con el hueso ella pudo sacarla y volvió a propinarle otro corte esta vez al cuello por el lado, una vez retiro el hacha de la parte donde propinó el golpe la sangre saltaba sin parar, quizá le corte afectó las cuerdas bucales porque el sujeto en ese instante paró de gritar y al desangrar tan rápido quedó inconsciente, Juanita quería rematar a su víctima pues le parecía que era un desgraciado aun peor que aquellos que reían del dolor de unos indefensos animales, por lo cual sentó al sujeto y clavó el hacha en toda la frente de su víctima con la esperanza de haber terminado con su miserable vida, luego de esto tomó la billetera del sujeto y con su misma ropa limpio el hacha y tomó la mano derecha de la víctima para que quedaran sus huellas en el hacha para asi evitar todo posible rastro de ella en caso de una investigación.

Juanita terminó con toda su ropa manchada de sangre, no sabia que hacer pues no podía tomar un taxi, ni otro transporte público sin levantar sospechas, solo le quedo quitarse la chaqueta y la camisa, quedar tan solo en brasier y tomar un taxi, si el taxista llevaba a preguntarle algo responder que había sido víctima de un intento de robo, saco unas cuantas liras turcas de la billetera de su víctima y el resto de cosas las boto a una caneca de basura escarbo bien la caneca para que aquellas cosas quedaran al fondo, tomo una taxi y el taxista al no hablar inglés no se preocupo por preguntarle a Juanita él porque estaba asi, seguramente pensó que era una prostituta, Juanita se bajó del taxi a unas cuadras de donde se esperaba para que no la ubican en caso de algo.

Como a Juanita le quedaban unos días más en Turquía, decidió salir de Estambul y visitar Ankara como una turista común y corriente, era matar dos pájaros de un solo tiro pues conocería un nuevo sitio y de paso evitaria levantar sospechas, quizá en Ankara robaran turistas de la misma forma que en Estambul, pero por el momento no trataría de atacar a otra persona puesto que aunque corrió con suerte y logró su objetivo no debía levantar sospechas ni estaba en condiciones para volver a hacerlo, Juanita era consciente de que aquel hombre hubiera podido lastimarla gravemente, estaba herida y su cuerpo estaba lleno de moretones, no fue tan fácil como creía el atacar personas, por lo cual disfrutaría de Ankara y al volver a su país se preparará mejor para futuras ocasiones.

Segunda Parte

Pasaron los días, Juanita por fin dejó Turquía y regresó a su país, para su suerte en Turquía la corrupción policial y la burocracia retardaron bastante la investigación del homicidio de su víctima, ella nunca se enteró de que paso con el sujeto, seguramente en aquel país ese tipo de homicidios es algo muy común, ella simplemente ingresó como turista y salio como tal, sintió un placer inmenso por aquella hazaña, aunque no todo era placer pues por muy poco aquel tipo hubiera podido lastimarla, por tal motivo quería aprender defensa personal.

Para evitar sospechas Juanita estudio defensa personal por medio de videos en canales de Youtube, estudió técnicas de Aikido, Taekwondo, Jiujitsu Brasileño y muchas otras especializadas especialmente para combates entre una mujer y un hombre, como nunca antes comenzó a hacer ejercicio para mejorar su cardio y fuerza muscular, empezó a tener una dieta más balanceada y mientras descansaba en su alocada mente pensaba en sitios donde hubieran miserables que atacar y en cómo darles su castigo.

Juanita ya en casa comenzaria a ahorrar nuevamente para un próximo viaje, en esta ocasión se decidió ir a Brasil país en el cual algunos granjeros radicados cerca de la selva amazónica estaban iniciando en la selva incendios con el fin de usar esas hectáreas quemadas para cultivos, algo que estaba acabando con la vida en el Pulmón del Mundo, muchas personas que iniciaban estos incendios probablemente no los iniciaron por maldad, simplemente eran granjeros pobres que ansiosos de tener más terrenos para obtener mejores ingresos iniciaban esos incendios, ignorando las malas consecuencias de este acto, aun así miles de activistas trataban de concientizarlos de las consecuencias de sus actos y muchos ignoraban esas voces, algunos granjeros eran ricos terratenientes que no pasaban por necesidades, para colmo el gobierno brasileño apoyaba en cierta medida esas quemas, por lo cual Juanita llena de frustración y rabia estaba decidida a castigar a algunos cuantos promotores de incendios.

Juanita llegó al estado Mato Grosso, uno de los sitios donde mas habia incendios, deseaba ir tras un terrateniente, de esos hombres avaros que solo les importa tener dinero sin pensar en los demás, tenía que ser muy prudente pues si preguntaba a los nativos de seguro al fallecer algún hombre importante de la región las personas la señalarian a ella, la única opción que le quedaba era hacer algo que normalmente odiaba hacer, ir a bares y discotecas tratando de socializar para así dar con una víctima.

Juanita cargaba consigo una navaja suiza, era lo único que tenía para asesinar así que tendría que improvisar muy bien a la hora de hacer su trabajo, ingreso a un bar famoso en la región actuando como una estúpida turista en busca de unos tragos, como había seguridad en el bar no le quedó de otra que introducirse la navaja en su vagina para evitar que se la decomisaran, se arregló de forma muy seductora para atraer la atención de algún terrateniente pervertido, de forma muy coqueta sonreía como si su vida dependiera de ello, se acercó a la zona vip y fue ahí donde dio con una posible víctima, había un alcohólico algo desagradable pero se veía que era la clase de persona que ella estaba buscando, un hombre prepotente que gastaba licor como si no hubiera mañana a cuanta persona le saludaba, un tipo que alardeaba de tener muchos negocios y que era un completo pervertido pues no podía tener sus manos quietas a la hora de estar al lado de una mujer, al ver a Juanita aquel sujeto comenzó a gastarle toda clase de licores, ella fingía tomar cuando en realidad echaba los sorbos de licor al piso, el tipo de lo borracho que estaba no se daba cuenta, después de una charla incomoda y sonrisas falsas Juanita se le ofreció al sujeto.

El tipo sin pensar llevo a Juanita a su casa, era una hacienda increíblemente grande, llena de vigilantes algo que sería una problema para Juanita, dentro de la casa de aquel hombre se veían muchas cabezas de animales cazados, ese hombre se enorgullecia de aquellos trofeos de caza, algo que más motivos le daba a Juanita para querer asesinarlo, finalmente llegaron al cuarto del hombre, de lo borracho que estaba no era capaz de quitarse la ropa, le tocó a Juanita desvestirlo, el hombre quería que Juanita le hiciera sexo oral, ella se quitó el pantalón y las bragas, luego expulsó con cuidado la navaja de su interior, la tenía en su mano izquierda, mientras le decía cosas bonitas a su víctima iba colocándose encima del sujeto, en 69 mientras él se distraía mirando el trasero de Juanita, Juanita rápidamente agarró con su mano derecha el pene de aquel hombre estirando el miembro lo más que pudo, mientras el se excito Juanita aprovechó que se puso tieso para con su navaja cortarlo de forma rápida, con éxito pudo mutilar el pene de su víctima, para evitar que el gritara tuvo que sentarse sobre la cara del sujeto, si los guardias oían gritar al hombre pensarían que era un grito de placer; Su víctima se desangraba muy rápido, pronto perdería la consciencia pero antes de que eso ocurriera Juanita tomó el pene del sujeto y lo introdujo en su boca para asfixiarlo, se lo metió tan hondo que el pene se atoro en la garganta, una vez fallecido su víctima Juanita procedió a buscar todo el efectivo que había en la habitación, en esta ocasión le fue bastante bien, aquel sujeto tenía mucho dinero, más del que ella podía cargar, aun así en su bolso, en sus interiores y en una mochila que vio agarro lo que más pudo, ahora su reto era salir de aquella hacienda.

Para salir de la hacienda a Juanita le tocó subir al tejado y del tajado trepar árboles, una vez salió de la hacienda corrió lo más que pudo, la hacienda estaba muy lejos del pueblo mas cercano asi que toda la noche tuvo que caminar sin ver a otra persona en su camino, finalmente consiguió salir a una vía principal, llegó hasta el amanecer del siguiente dia a su hotel, no tuvo tiempo de bañarse ni cambiarse la ropa, tenía que huir de la ciudad pues de seguro la seguridad de su víctima ya había notado la muerte de aquel hombre.

Como Mato Grosso es un estado brasileño fronterizo con Bolivia Juanita se dirigió a la frontera, sabia que no podía pasar la frontera con todo el dinero que obtuvo, por lo cual se quedó con Reales por un equivalente a 10.000 dólares, suficiente para pagar unos cuantos viajes y el resto lo donó anónimamente a una organización que combatía por esos días los incendios en el Amazonas, en las noticias hablaban de su asesinato, su victima resulto ser un testaferro de un narcotraficante, aquel narcotraficante era responsable directo de algunos incendios, los provocaba para cultivar coca y construir laboratorios de anfetaminas en las áreas quemadas, sin pensarlo Juanita al asesinar a aquel testaferro colaboró con la policía brasileña pues con su acto la policía al investigar el crimen reunió evidencias y rastros del posible paradero de aquel narcotraficante, Juanita deseaba buscar a aquel narcotraficante responsable de aquellos incendios pero era consciente de que no tenía los recursos para ir tras un pez tan grande por lo cual solo se limito a pasar la frontera y una vez en Bolivia buscar otra victima o retornar a su casa.

Tercera Parte

Juanita reflexionaba sobre muchas cosas al pasar la frontera, había socializado y ligado gracias a que tenía una misión que profesaba de todo corazón curiosamente ahora que era buena socializando ya no estaba interesada en tener un novio o amigos solo tenía en su mente matar a tantos hijos de perra como pudiera, quizá lo que hacía no solucionaba nada pues sus víctimas siempre serian reemplazadas, cada vez más disfrutaba de torturar y asesinar personas que para su juicio no tienen moral alguna pero era consciente de que esto podía hacerla igual de mala que aquellos que tanto aborrecía, sin embargo esa era la vocación que ella había elegido y era lo que le estaba dando motivos para vivir así que no se echaria para atras seguiría matando cabrones hasta que ya no pudiera más.

Juanita tuvo que cambiar sus reales por dólares, los cuales guardó entre sus senos y vagina, la policía boliviana era hostil con los extranjeros y Juanita no tenía cómo explicar el cómo obtuvo esos 10.000 dólares por lo cual se las ingenio para evitar ser víctima de requisas, por la región se corrió el rumor de que se buscaba a una mujer, los narcotraficantes brasileños ofrecían mucho por cualquier información de la misma, Juanita no podía quedarse mucho tiempo en la frontera pues aun si estaba bien disfrazada era una sospechosa, no tuvo más que tomar un tren rumbo a la ciudad de Santa Cruz al llegar allí pensaría que hacer.

Juanita llegó a Santa Cruz, después de un largo viaje en tren quería tomarse unos días en esa ciudad y conseguir un boleto de avión pero se enteró que aquellos narcotraficantes que la buscaban sabían que su tono de piel era caucásico, Bolivia es un país lleno de personas de raza indígena así que de aparecer en un aeropuerto o una terminal de buses sería una sospechosa evidente, ya que era raro ver a una mujer extranjera sola y menos en una temporada no turística por Bolivia, Juanita estaba algo asustada pues quienes la buscaban estaban muy cerca de ella pero al tiempo algo excitada por la situación le parecía emocionante ser buscada como una peligrosa criminal.

LLegó la noche y Juanita estaba en el comedor de su hostal, comiendo un emparedado, cuando conoció un paraguayo, aquel paraguayo estaba de negocios en Bolivia y al ver a Juanita en el comedor se le acercó e inició una charla con ella, Juanita sin revelarle mucho de su identidad conversó con él y la charla fue tan agradable para ambos que aquel paraguayo le pregunto que si deseaba conocer su país, Juanita no sabia que hacer pues podía ser una trampa como también ser una puerta de escape, por lo cual recurrió al licor, sabía bien que las intenciones de aquel hombre saldrian a la luz con unos tragos, después de todo es más fácil detectar a un mentiroso cuando esta ebrio, despues de unos tragos se dio cuenta de que aquel paraguayo era un hombre inofensivo, quizá deseaba llevarla a la cama pero no era mala persona, por lo cual aceptó su invitación de conocer Paraguay.

En la mañana siguiente salieron del hostal rumbo a La Paz y de ahí a

Asunción, serían en promedio unas 20 horas de viaje, aquel paraguayo tenía moto por lo cual quizá rendiria mas el viaje y era una ventaja pues sus perseguidores no la miraban como sospechosa de ir acompañada, cuando llegaron a la frontera Juanita tomó la mano de su amigo, si bien no gustaba de él ni estaba interesada en relaciones no tenia mas opción si no deseaba llamar la atención, al llegar al puesto de control los guardias bolivianos la miraban muy atentamente, quizá habían ofrecido alguna recompensa por ella y como para ese momento toda la policía boliviana estaba comprada por los narcotraficantes brasileños era algo muy probable, por lo que no tuvo de otra que darle un beso intenso a su amigo paraguayo con eso disuadió a los guardias, mientras el paraguayo disfrutaba del beso ella se reía en su mente, pues nunca había dado un beso estilo francés y siempre soñó con que ese beso fuera con un ser amado pero se dio en el momento menos pensado.

Al llegar al Paraguay Juanita no quería comprometerse más con su amigo, le dio las gracias por el viaje y le ofreció pagarle el aventón, pero el paraguayo no quería dinero, después del beso aquel chico pensaba que le había gustado a Juanita y le ofreció ir con él a su casa y pasar unos días juntos, ella le insistió que tenía que dejarlo por cuestiones personales, el se molesto un poco con ella le decía que porque lo había besado si en realidad él no le gustaba, ella lo abrazo, lo beso y le dio las gracias y le reitero que debía continuar su viaje sola, le dijo que si llegaba a ir a Asunción lo visitara (Pero en realidad no pensaba hacerlo), aquel hombre no tuvo de otra que aceptar el efectivo que le ofreció

Juanita y regresar a su ciudad, Juanita por su parte buscaria en Paraguay alguna víctima.

El Paraguay era en ese entonces un país muy tranquilo, si bien como en toda parte habían sus problemas estos no eran tan radicales, Juanita busco por Internet y no dio con alguna zona del país peligrosa, iba caminado por la calle cuando había un grupo de hombres corriendo en la calle, estaban persiguiendo a un ladrón, ella al ver cuál era el ladrón aprovechó que pasó por su lado y le hizo zancadilla, de inmediato el resto de hombres lo rodearon y lo golpearon, le quitaron el teléfono celular que acababa de robar y lo lincharon como si no hubiera mañana, ella se sintió bien por ayudar a atrapar aquel sujeto pero no fue tan satisfactorio para ella como el torturar a alguien, probablemente ese ladron no lo hacia por mala persona, quiza no tenia trabajo y no veía otra forma para mantener a su familia o quizá era un vicioso que no le gustaba trabajar y quería satisfacer su vicio de una forma u otra, sea el motivo que sea por el cual era un ladrón esa clase de persona no era la víctima promedio que Juanita deseaba, ella deseaba ir tras hombres cuyas acciones afectan a muchas otras personas no perdería su tiempo buscando criminales de un nivel bajo de amenaza.

En un bar local Juanita escucho una historia peculiar, en Buenos Aires (Argentina) habia una mujer algo peculiar, era una mujer lesbiana que buscaba jovencitas para seducir y una vez ella las seducía luego de mantener relaciones sexuales con ellas buscaba la forma de dormirlas para que sus cómplices les sacaran los órganos para venderlos en el mercado negro, aquella persona que acaba de contar la historia era una de sus víctimas había perdido un riñón hace poco tiempo por culpa de esa mujer, todo por querer experimentar algo nuevo, ¡Eureka! dijo Juanita, había dado con un nuevo desafío, de inmediato le preguntó a aquella mujer que narró la historia el modo de actuar de su victimaria y las zonas exactas por donde esa mujer abordaba a sus víctimas, la mujer estaba algo temerosa y molesta pues no quería recordar ese trágico momento de su vida no deseaba hablar del tema, le contaba a Juanita que ni la policía ni alguien más en Buenos Aires deseaba ir tras esa mujer, que era un mujer muy temida, Juanita le comento que eso a ella no la importaba, que no tenía miedo de morir y que nada le daría más placer que poder darle un castigo a esa perra, la mujer creía que Juanita estaba loca pero finalmente le dio unas pistas, pensó dentro de sí "esta chica no sabe de lo que habla".

Días después Juanita llegó a Argentina, al arribar a Buenos Aires fue a un bar LGBT, muy famoso en la ciudad, era noche de chicas asi que seria muy probable dar con su nueva víctima en ese lugar, dio con muchas chicas deseosas de tener un rato agradable con ella, pero ninguna era como la mujer que le describió la muchacha en Paraguay, ya estaba dispuesta a irse pero justo cuando estaba dejando el bar, una mujer de unos cuarenta años la detuvo, era muy similar a la descripción que le habían dado, comenzó a cortejarla y le ofreció unos tragos, Juanita como siempre tomaba muy poco y seguía la corriente, aquella mujer la abrazó y le dio un beso, le decía palabras seductoras al oído, quería llevarla a otro lugar, Juanita estaba apunto de acceder cuando vio que aquella mujer tenía bastantes escoltas y que el vehículo en el cual la transportarian tenía cubiertas las ventanas, además de esto uno de los guardias persuadió a Juanita para que le diera su bolso, Juanita desistió por el momento de su objetivo pues al entregar su bolso podrían ver su documento de identidad, además de quedar sin su navaja así que se le complicaria su crimen y huida, sin embargo le dio su numero celular a su víctima, quedó en verse con ella en otra oportunidad.

Aquella mujer más deseaba a sus víctimas luego de ser rechazada así que al dia siguiente llamo a Juanita para proponerle una cita, Juanita le dijo que la llamara en la tarde para mirar si tenia espacio en su agenda, pero en realidad Juanita estaba pensando en cómo actuar, tenía que dejar sus documentos en su hotel, no podía llevar alguna herramienta para ejecutar a su víctima pues aun si pensara en guardarla en la vagina aquella mujer de seguro en algún momento trataría de masturbarla con su mano y descubrirá el objeto, solo le quedaba pensar en una forma de matar a su víctima a mano limpia, otro problema que tenia seria a la hora de escapar pues se notaba que la seguridad de aquella mujer era mucho más profesional que la de su víctima en Mato Grosso.

Juanita tenía mucho miedo, miedo de no poder cumplir su misión y terminar lastimada, pero al final se decidió y cuando su víctima la llamó para confirmar la cita ella aceptó sin dudas, estaba decidida a matar a aquella mujer y en el peor de los casos quitarse la vida de no poder escapar, esa mujer la citó en un centro comercial de ahí sus hombres recogieron a Juanita y la llevaron a una ubicación desconocida, al llegar la mujer la recibió con un beso y apretón a su nalga, Juanita fingio placer y le tomo la mano, juntas subieron unas escaleras y llegaron a un ostentoso cuarto, en el se besaron intensamente mientras se quitaban la ropa, aprovechando que su víctima cerró los ojos Juanita trataba de mirar alrededor en busca de algún objeto que le ayudara con su misión, pero no vio nada que pudiera servirle, paso el tiempo y Juanita no podía demorar más el asunto tenía que entregarse a aquella mujer para no despertar sospechas, aquella mujer comenzó con su mano derecha a tocarle los senos y mientras con la izquierda introducía sus dedos en la vagina de Juanita, Juanita estaba algo incomoda pero solo podía fingir placer, aquella mujer después de esto comenzó a besarle el abdomen poco a poco iba bajando hasta llegar a sus partes íntimas y ahí comenzó a realizarle sexo oral, colocaba su boca un rato en su vagina luego en su ano, con la lengua estimulaba su punto g, con sus manos agarraba el trasero de Juanita, cuando parecía querer acabar le comentó a Juanita que si era buena usando el Consolador con Arnés, ella respondió no haber usado uno nunca, la pervertida mujer saco uno entre sus cosas, le pidió a Juanita que se pusiera de pie y puso el consolador en su cintura, luego le dijo que la penetrara mientras ella se ponía en cuatro, Juanita le dijo que estaba algo nerviosa le pidió tiempo para ir al baño, la mujer algo excitada no quería pero le dio espera mientras se aplicaba un lubricante.

Juanita estaba algo confundida jamás se imaginó tener sexo con otra mujer y aunque no era una experiencia que le disgustara mucho sabía que cuando terminara aquella mujer de tener sexo con ella sus cómplices vendrían y ¡quien sabe de qué forma le sacarian los órganos!, la mujer le gritaba pidiéndole que se diera prisa, Juanita en ese instante encontró en el baño una botella de vidrio, la botella contenía alcohol etílico, con cuidado la tomó y la rompió golpeándola en el filo del lavamanos, aprovechó el ruido de la música que había en el cuarto para romper la botella sin ser escuchada, con la botella rota no podía matar a su víctima por lo cual decidió coger varios pedazos de vidrio roto e incrustarlos en el consolador que llevaba puesto, antes de salir del baño le pidió a la veterana mujer que se pusiera en cuatro y cerrara los ojos, una vez la mujer hizo caso ella salió del baño e inmediatamente introdujo el consolador en la vagina de aquella mujer de forma rápida, los vidrios rotos cortaron a la mujer por dentro, esta trato de gritar por lo que Juanita rápidamente puso su mano en la boca de su víctima, meneaba su cintura para mover más rápido el consolador y profundizar las cortaduras, la penetraba con todas sus fuerzas, su víctima trataba de liberarse pero no le era posible Juanita le agarró la espalda para evitar que se liberara del consolador, cuando finalmente la mujer comenzó a debilitarse por perder tanta sangre, Juanita retiro el consolador, sin darse cuenta su víctima tocó un interruptor, en cuestión de minutos llegaría alguien de seguridad, a Juanita solo le quedaba prepararse para una muerte segura.

En cuestión de segundos mientras subían las escaleras, Juanita se hacía la idea de que iba a morir, eso si esta decidida a dar pelea, no iba a dejar que la lastimaran sin tratar de defenderse, al entrar el encargado de seguridad y ver a su antigua jefa desangrandose internamente y a Juanita desnuda solo con un consolador puesto, el hombre hizo algo que Juanita no esperaba, remato a su jefa con un disparo en la cabeza, le dijo a Juanita que se vistiera ella se limitó a vestirse confundida a ver lo que había ocurrido.

El encargado de seguridad le explico a Juanita que aquella veterana mujer no era la responsable del trafico de organos, aquella mujer era la esposa de un traficante reconocido en toda Argentina, aquel traficante si bien no le reclamaba a su esposa por serle infiel le disgustaba tanto esto que añoraba lastimar a todas las amantes de su esposa ya que a él no podía hacerle daño al ser su esposa familiar de un ganster mucho muy peligroso, al Juanita asesinar a aquella mujer le hizo un favor a aquel hombre pues por fin se deshacía de su infiel esposa y él se libraba de posibles retaliaciones en su contra por parte de su suegro.

El encargado de seguridad le contó a Juanita que desde que rompió la botella él había escuchado pero ignoro esto esperando que ella hiciera el trabajo sucio por él, ya que sus huellas quedaron en el cadáver de aquella mujer libraba a su patrón y a todo el cuerpo de seguridad de posibles sospechas, en agradecimiento aquel jefe de seguridad permitió a Juanita irse, le advirtió que el padre de esa mujer la buscaría por todas partes así que no podía durar mucho en Argentina.

Por primera vez Juanita se sintió mal por un asesinato, esa mujer que acababa de matar no era una victimaria, solo era una lesbiana ninfomana que seducia otras mujeres, pero que nunca se acostó con otra mujer contra su voluntad, como ignoraba lo que le pasaba a sus amantes luego de sostener relaciones sexuales con ellas, esa mujer no tenía culpa alguna de lo que hacía su esposo, su único pecado era tener un apetito sexual desenfrenado, su infidelidad y ninfomanía no eran motivos graves como para quitarle la vida.

Juanita de haber sabido que era el esposo de aquella mujer era el que robaba los órganos hubiera atacado a ese hombre, pero ya era tarde no podía hacerlo y al tener que abandonar Buenos Aires en el menor tiempo posible solo le quedaba olvidar el tema y reflexionar, había aprendido que antes de juzgar a alguien debía investigar muy a fondo, pues a veces el que parece el evidente culpable es solo un inocente que estaba en el lugar equivocado.

Cuarta Parte

Juanita no dejaba de pensar en la mujer que había asesinado, pensaba en que de seguro su marido era tan infiel como ella, que si no se amaban deberían haberse separado en lugar de fingir ser pareja, quizás lo hacían por apariencias, después de todo la mayoría de relaciones humanas están encaminadas a terminar mal y terminan siendo tan solo apariencias que sirven de disfraces en esta sociedad hipócrita; Juanita antes añoraba tener una pareja pero luego de conocer la historia de aquella pareja se alegraba por estar soltera.

Juanita tuvo que comprar un boleto de avión hacia España, deseaba ir a su casa y descansar un tiempo pero como era buscada por mafias en dos países de la región seguir en latinoamérica la ponía en riesgo, tarde que temprano algún investigador policial o casa recompensas podría relacionar los casos y ver patrones en común de sus asesinatos, así que Europa era por el momento su único camino.

Al arribar a Madrid(España) se trasladó a la ciudad de Sevilla, una interesante ciudad que si bien era muy distante de su hogar tenía bastantes cosas que le recordaba su pueblo natal, de Sevilla partió a un pueblo cercano, un pueblo famoso por las fiestas típicas que realizaba, allí a plena luz del día vio algo que la indignó bastante, un motociclista ebrio que iba manejando su moto con un perro amarrado en la parte trasera, el pobre animal ya no podía correr tras la moto así que se iba arrastrando golpeándose con cuánta piedra hubiera por el camino, Juanita sin dudarlo tomó un taxi y siguió al motociclista, cuando este paro ella se bajó del taxi decida a averiguar el porqué estaba torturando a aquel perro, cuando el motociclista vio al perro muerto atado a la moto se puso a llorar, era su mascota y lo había atado para evitar que se perdiera en el pueblo, pero al tomar se le olvidó que su mascota estaba atada a la moto y arranco como si nada.

Juanita no sabia que hacer pues aunque aquel hombre no actuó de mala voluntad si fue el culpable de lastimar al indefenso animal, quizá no fuera alguien malo pero al ser un ebrio inconsciente causó esta tragedia e incluso podría cometer cosas peores en estado embriaguez, Juanita para decidir que hacer hablo con el motociclista, le pregunto que si tomaba mucho y sobre todo cuando iba manejando, el motociclista le comento que poco tiempo antes su esposa e hijos habían muerto en un accidente en el Metro de Madrid, que desde ese instante al no ser capaz de afrontar la dura realidad se había sumergido en el licor y que aquel perro era la única compañía que le quedaba, la depresión del motociclista era tan grande que le decía a Juanita que deseaba morirse.

Juanita al escuchar aquellas palabras de ese hombre no sabia que hacer, no deseaba quitarle la vida a aquel sujeto pues no era un mal hombre pero al tiempo ese hombre añoraba morir ahora que con su imprudencia había matado a su única compañia, era la primera vez que una posible víctima de Juanita deseaba morir, no veía emoción alguna en matar alguien que deseara morir, no veía que ese hombre mereciera morir pero si deseaba estar muerto quizás ella debería ayudarle en su objetivo, en aquellos instantes muchos juicios morales pasaban por la mente de Juanita.

Aquel motociclista le insistia a Juanita en su deseo de morir, ella por su parte no sabia que decirle ella nunca había sido buena dando ánimo o consuelo a otra persona, solo pensaba en buscar personas desagradables para quitarles la vida, nunca antes había estado en esta situación, como en la vía en donde el motociclista había parado su moto había un precipicio, él finalmente corrió hacia el borde de ese precipicio decidió a quitarse la vida, miraba a Juanita esperando que ella le dijera algo, algo que podría hacer que se retractaba de suicidarse o bien lo lo animará a hacerlo.

Juanita después de muchos instantes no le dijo nada a ese motociclista y él simplemente decidió lanzarse, el motociclista murió y Juanita simplemente se limitó a marcharse, nunca supo bien qué decirle a aquel suicida, pensó que al fin y al cabo la muerte para aquel hombre le traería alivio, un alivio que no podría encontrar en este mundo y que aun si lo hubiese encontrado nunca le traería de regreso a su familia, quizá el de haber seguido vivo hubiera hecho cosas buenas por el mundo o por el contrario cosas malas; En todo caso al menos murió libre y en su ley, ese motociclista lleno de tantos pensamientos la mente de Juanita que ella no sabía qué reflexión podía sacar de aquella experiencia.

Llegó la noche y Juanita en su hotel reflexiono sobre aquel sujeto y pensó en aquellas personas que realizan algo malo sin intención, analizó que así como aquel motociclista mató a un indefenso animal sin intención, la familia de aquel hombre y de seguro mucha más gente había muerto en manos de aquellos hombres que operaban el Metro de Madrid aquel fatídico día, comprendió que los errores humanos también podían ser un camino al infierno y que aun si muchas veces las personas no obran con malas intenciones el solo hecho de que cometan un pequeño error podría resultar en cosas muy malas, pensaba que los seres humanos son una plaga y que su existencia al fin y al cabo estaban destinados a destruir el mundo, hiciesen lo que hiciesen.

Lo que le sucedió aquel motociclista le bajó las ganas de matar a Juanita, de repente ya no le interesaba la misión que hacía poco se había propuesto y solo deseaba volver a su casa y tener la vida de antes, una vida sencilla atendiendo el negocio de su tío, extrañaba su tierra natal así que busco en Internet noticias de su país y vio algo que no le gusto: El padre de la mujer que Juanita había asesinado en Buenos Aires no se conformó con la declaración del jefe de seguridad así que decidió capturar a aquel hombre junto con todo su equipo de seguridad, los torturó hasta hacer que le mostraran las cámaras del lugar en el cual ese dia Juanita mató a su hija, al tener las fotos del rostro de Juanita y al saber el origen de su acento, aquel hombre decidido a vengar la muerte de su hija a toda costa y en poco tiempo aquellos matones ya habían ofrecido recompensa por Juanita en todo su país, por lo cual Juanita si deseaba seguir con vida y evitar que su familia estuviera en problemas tendría que mantenerse lejos de su patria.

De los 10.000 dólares que Juanita había obtenido en Brasil ya le quedaba muy poco dinero tampoco le quedaban ahorros, así que Juanita tendría que ingeniárselas para hacerse a unos ingresos, como no tenía una visa de trabajo y no podía quedarse en España por mucho tiempo decidió trabajar en la profesión más antigua de todas, ser prostituta, Juanita volvió a Madrid en búsqueda de trabajo y dio con un sitio perfecto para ella, un prostíbulo en el cual apetecian mucho a las mujeres de su país, además de eso en ese prostíbulo entraba gente de toda clase, desde criminales locales, sacerdotes de doble moral, policías corruptos y hasta mafiosos de todas partes de Europa, era el lugar perfecto para dar con su próxima víctima.

Quinta Parte

A Juanita no le era fácil trabajar como prostituta, más aún cuando los clientes que debía atender eran tipos desagradables, para colmo de males de lo que pagaba un cliente solo le daban el 40%, un porcentaje el cual no podía rechazar pues de lo contrario la podían delatar con la policía, en todo caso Juanita no tenía pensado quedarse por mucho tiempo como prepago, solamente era mientras daba con una víctima ideal para ella.

Uno de sus clientes se enamoró de ella, nada más y nada menos que un sacerdote de una iglesia cristiana, aunque para Juanita aquel hombre no era tan malo como otros clientes que frecuentaban el prostíbulo, Juanita había puesto su atención sobre este hombre, quería analizarlo bien y determinar que tan malo era aquel sacerdote.

Juanita los fines de semana en la mañana iba a la iglesia de aquel hombre, se daba cuenta cómo los fieles de esa iglesia adoraban las misas de aquel sacerdote, aunque ese cura era un hipócrita de doble moral, ella habló con tantos fieles como pudo y ninguno le hablo algo malo de el, quiza el predicaba y no aplicaba, quizá vivía aprovechándose de la buena fe de otras personas pero no era la clase de persona que Juanita buscaba para asesinar, así que se enfocó en otro sujeto, un teniente de la policía de madrid que visitaba el prostíbulo.

El policía el cual Juanita fijó su atención era un corrupto en todo su esplendor, recibía sobornos del prostíbulo para dejarlo funcionar ilegalmente, de seguro hacia lo mismo con otros sitios relacionados al expendios de drogas, tráfico de animales, tráfico humano y todo aquello relacionado a lo ilegal, le sería difícil acercarse a aquel hombre pues siempre andaba muy bien escoltado y no era uno de los clientes que apareciera tener relaciones sexuales con ella.

Juanita una noche en la que su turno acababa preciso momentos antes de la hora habitual de salida del teniente de policía, esperó un poco para seguir a este oficial apenas saliera del lugar, tenía que seguir a ese policía y sus subalternos de lejos para evitar problemas, aquellos hombres regresaron a la estacion de policia, quedando fuera del alcance de ella, a Juanita no le quedó de otra que estar por los alrededores de la estación esperando a que aquel policía saliera.

Irónicamente cuanto ya era de madrugada un ladrón pretendía asaltar a Juanita estando a poco metros de la estacion de policia, ella como una mujer común y corriente grito llamando la atención de dos policías, ellos cumpliendo con su deben atraparon al ladrón y lo ingresaron junto con Juanita a la estación, mientras Juantia se preparaba para dar una declaración de los hechos miraba las oficinas en búsqueda de su víctima, cuando de repente le preguntan qué hacía a medianoche por la calle, no le quedó de otra que responder que era una prostituta y que había quedado en verse con un cliente cerca a la estación, como la prostitución en ese tiempo era ilegal los oficiales se disponían a internarla en una celda, cuando salió aquel teniente de policía y ella le dijo al oído a uno de los oficiales que tenía pruebas de que el teniente era un corrupto, fue un riesgo pues decir eso podía meterla en problemas, pero por cuestiones del azar del destino ese policía que escuchó esas palabras pudo haber visto una oportunidad de ascenso o bien le tenía bronca al teniente, o quizá tan solo era un policía que deseaba combatir la corrupción, así que llevó a Juanita a una sala de interrogación aislada, le pidió evidencias de lo que decía, ella con su celular le mostró grabaciones de aquel teniente recibiendo los sobornos, grabaciones que astutamente tomo cuando esperaba que un cliente requiriera sus servicios.

El policía después de ver la evidencia, le pidió a Juanita que le compartiera los videos que habia tomado y pensó en informarle al comisionado de policía, pero Juanita lo persuadió para que no lo hiciera pues no sabía si aquel comisionado era igual o mas corrupto que el teniente y que en caso de que lo fuera era muy probable que podían desaparecer, el policía y su compañero finalmente dejaron a Juanita libre, supieron que aquella declaración que dio era falsa y que en realidad estaba tras el teniente, así que le aconsejaron que siguiera con su vida que ellos de una u otra forma harían que se castigara al teniente y a otros posibles policías cómplices, ella les dijo que por el momento no podía hacerlo y que si tenían un objetivo en común trabajaran juntos, los policías le dijeron a Juanita que entonces ella debería investigar al comisionado mientras ellos buscaban algún periodista ético que diera a conocer el acto de corrupción al país, aquellos policías le dieron toda la información que tenían sobre el comisionado

Juanita sabía que el comisionado sería un hombre mucho más escoltado que el teniente y que si fue difícil seguir al teniente seria mucho mas dificil ir tras el comisionado, Juanita ya había reunido suficiente dinero para subsistir unos meses asi que dejo el prostíbulo, como tenía la dirección del comisionado de policía, se decidió a vigilar su casa todos los días para seguirlo, Juanita lo seguía a todas partes pero ese hombre solo iba de su casa al trabajo, no había dado con pistas que le indicaron que era un policía corrupto, por lo cual contrató a los dos oficiales que la habían detenido y les pregunto si podia introducir microfonos en la oficina del comisionado, aquellos hombres no tenían los medios para ello, así que al carecer de pruebas Juanita se le ocurrió algo, los oficiales hablarían con el comisionado sobre el teniente, con un celular en modo llamada para que así ella pudiera escuchar desde su teléfono la conversación, grabaría la llamada y así en caso de que el comisionado fuera corrupto e hiciera algo en contra de los dos oficiales Juanita tendría evidencias contra él para denunciarlo en los medios, ejecutaron el plan tal cual lo planearon y el comisario no se mostró hostil contra los oficiales, vio la grabación que involucraba al teniente y procedió a realizar el proceso de destitución e investigación contra el mismo, en cuestión de minutos se oficializó una orden de captura contra aquel teniente, luego a su captura el comisionado felicitó a los oficiales y les aseguro que ahora el puesto de teniente era seguro para alguno de los dos, todo sonaba maravilloso pero los oficiales veían en los gestos del comisionado algo sospechoso, por lo cual luego de lo que pasó, estarían atentos a lo que este hiciera.

Al día siguiente el comisionado habló por separado con cada oficial, a ambos les explico que si querían el puesto de teniente debían cumplir con todos sus mandatos, que lo ocurrido con el anterior teniente fue para ellos un golpe de suerte mas sin embargo ese teniente obraba bajo sus órdenes, les encomendó dos tareas primero conseguir en la prisión alguien que acabara con la vida del ex-teniente para evitar que hablara y que cobrarán los sobornos en los sitios donde el antiguo teniente cobraba, el comisionado le dijo a cada oficial que tenía que asesinar al ex-teniente y posteriormente a su compañero, el comisionado sin duda era un corrupto, trató de intimidar a los oficiales, queria que entre ellos se mataran prometiendo que el sobreviviente sería el nuevo teniente, pero lo que no sabía era que Juanita grababa las conversaciones entre el comisionado y cada oficial, ahora con las pruebas los oficiales se disponían a denunciar el caso ante los medios, Juanita le pidió a los oficiales la lista de los negocios donde tenían que cobrar los sobornos, ellos no querían dársela pero terminaron cediendo.

Juanita dejo el tema de los policías a un lado, una vez denunciaron al comisionado aquellos oficiales cómplices de Juanita entraron en un programa de protección de testigos, el comisionado y todo el departamento de policía serian investigados, pero Juanita aun no estaba contenta, no se sentía satisfecha hasta no dar con una víctima que asesinar, eso era su mayor satisfacción por lo cual tomó la lista de los negocios que pagaron sobornos y se dispuso a estudiarlos para así dar con una nueva víctima.

En la lista Juanita vio una persona muy particular, un vendedor de drogas, aunque Juanita no tenía nada contra las drogas pues creía que cada quien era libre de consumir lo que se le venga en gana, tuvo una corazonada y quiso averiguar cómo trabajaba aquel hombre, fue a la zona donde operaba y vio algo que no le gusto nada, ese hombre vendía drogas en las salidas de los colegios, inducia al vicio niños de menos de diez años, algo que peligroso para esos chicos pues consumir una droga a esa edad podría crear serias adicciones y problemas para su desarrollo, Juanita decidió que ese hombre sería su nueva víctima, pasó frente a él fingiendo ser una consumidora, compró un poco de crack y siguió su camino, al día siguiente espiaria a ese hombre y lo siguió a su casa, era una casa humilde a las afueras de Madrid, carecía de seguridad, lo cual dejaba a su víctima como un blanco fácil de ataque.

Juanita espió por la ventana la casa de aquel vendedor de drogas se dio cuenta que vivía solamente con su madre, una señora de edad avanzada, pensó que quizá ese hombre no era del todo malo y que lo que hacía era solo por cuidar de su madre, pero despues se arrepintio de tenerle piedad a ese hombre y deseo continuar con su plan, para Juanita el delito de ese hombre no era vender drogas, su delito era inducir en el vicio a niños.

Juanita quería seducir al vendedor de drogas, así que le compro mas crack y le ofreció que lo consumieran ambos, él le respondió que no era consumidor solo vendedor, ella seguía con su intención de seducirlo así que le hablo al oido diciendole que le gustaba mucho y que deseaba tener sexo con él, él de inmediato le dijo que era gay quizá lo era de verdad o deseaba evitar a Juanita a como diera lugar, Juanita al no poder seducirlo le dijo que comieran algo que si era gay le gustaría ser su amiga, el hombre rechazó su oferta y se marchó, Juanita al ver que fallo seduciendo al vendedor de drogas solo le quedaba atacar a traición, pero debía esperar el momento preciso y hacerse de herramientas para ello.

Juanita encontró un sitio perfecto para realizar su misión, encontró una construcción abandonada además de eso se hizo a una pistola, uno de los guardias del prostíbulo donde trabajaba se la había vendido, pero la compro sin municiones por cuestiones de costos así que debía actuar muy bien para que su víctima creyera que si estaba cargada, cuando volvió a verse con el vendedor de drogas se le acercó por detrás y puso la pistola en su espalda diciéndole que debía hacerle caso si no quería que disparara, el vendedor asustado obedeció, llegaron a un callejón en el cual habian bastantes escombros, Juanita le pidió que se cubriera el rostro con una lona y se volteara, mientras él lo hizo ella tomó otra lona llena de escombro y con su fuerza logró usar la lona para golpear la cabeza de su víctima dejándolo inconsciente, guardó su pistola y procedió a atar al vendedor de droga, jalo a su víctima hasta ubicar sus pies entre dos columnas de acero y con la misma lona con la que lo noqueo golpeó sus rodillas, el golpe fue tan fuerte que le descuadró la rodilla izquierda a su víctima, el vendedor de drogas recuperó la consciencia debido al dolor que estaba sintiendo, Juanita rapidamente volvio a golpear con la lona las rodillas para desligar la rodilla derecha dejando a su víctima invalida, su víctima le rogaba piedad y ella solo se reía, le dijo que su pistola no tenía balas y con la lona golpeó sus partes íntimas, luego su pecho y finalmente, le explico el porqué había decidido acabar con su vida, aquel vendedor de drogas le rogaba piedad por su madre, pero ella solo le dijo que debía haber pensado eso antes de crear vicios entre niños, finalmente con la lona golpeó la cabeza de su víctima siete veces hasta ver uno sus ojos fuera de su cráneo.

Juanita estaba exhausta aquella lona con la que mató al vendedor de drogas era demasiado pesada pero al tiempo estaba excitada, al punto que tomó sangre de la cabeza de su víctima y la saboreó con deleite, pero en ese instante Juanita volvió en sí y sintió culpa pues si bien ese sujeto obró mal tampoco era justificación para que ella celebrará su muerte con tanta extravagancia, recapacitó y se dio cuenta que ella poco a poco se había vuelto una persona igual de horrible a aquellas que tanto odiaba, tomó la maleta del vendedor de drogas y se marchó del lugar, llorando al ver la persona en la que se había convertido.

Sexta Parte

Ya era tarde antes de que oscureciera Juanita vendió la mercancía que llevaba su ultima victima a otro vendedor de drogas, alistó ese dinero junto con otros ahorros de su último trabajo para marcharse de España, andaba sin rumbo pues no sabia a donde ir, reflexionaba sobre lo que vivio los ultimos dias, el haber ayudado a capturar a unos policías corruptos y acabar con la vida de una persona que estaba arruinando la vida de muchos niños, era algo que ya no tenía sentido para ella, una vez más se repetía a sí misma que sus actos no cambiaban nada y que esas personas pronto sería reemplazadas por alguien igual o incluso peor, pero aceptó su destino fruto de tomar sus propias decisiones, quizá tendría una vida más tranquila de haber seguido con su familia en su pueblo natal, pero era consciente de que su vida solo conoció la emoción, el deseo por vivir y la satisfacción verdadera una vez decidió ser una verduga de personas que para su juicio eran despreciables en todo sentido, quizá no siempre iba a ser feliz y muchas veces podría sentir lamentos pero Juanita no dejaría su misión.

Juanita era consciente que después de cometer tantos asesinatos y al ser propensa a la depresión su estado mental no estaba bien, escuchaba muchas voces en su interior, pero eso no le importaba, odiaba a los psicólogos y no buscaría ayuda de nadie, solo siguió con su vida como si nada en su mente estuviera mal y emprendió un viaje a Rumania.

Rumania era un país muy interesante para Juanita, siempre le había interesado conocer Transilvania y todo lo relacionado a su cultura, además en Rumania había algo que le recordaba a su país y eso era la corrupción estatal, Rumania en aquel entonces era de los paises mas corruptos de Europa así que Juanita creía que en este país de seguro encontraría algún político corrupto que pudiera ser su próxima víctima.

Rumania fue un país comunista, hacía poco que su sistema político había cambiado con su integración a la Unión Europea, pero en aquella época aún dentro de su clase política predominaban mucho las costumbres de la Rumania Comunista, una de esas costumbres era la corrupción estatal, tan grande que prácticamente todos los funcionarios del gobierno sean locales o nacionales estaban untados, Juanita al visitar el estado de Transilvania seleccionó la ciudad de Arad una ciudad con mucho desarrollo pero que al tiempo conservaba su un estilo de vida simple, en esta ciudad Juanita mientras conocía toda la cultura Rumana merodeaba el concejo de la ciudad en búsqueda de un político corrupto.

De sus posibles víctimas los políticos corruptos eran las predilectas por Juanita, siempre odiaba escuchar en las noticias de su país, como un político corrupto arruinaba con su gestión la vidas de muchas personas con burocracia, detrimentos a la infraestructura pública y daño al medio ambiente, los políticos corruptos enfermaban a Juanita y despertaban en ella una sed de sangre insaciable, estando a las afueras del Concejo de Arad, vio como los funcionarios salían al medio dia a descansar, ahora debía averiguar si alguna de esas personas era un concejal.

Luego de averiguar en Internet todo lo relacionado a los concejales de Arad, conservó el dato de los tres concejales con más investigaciones en su contra, los estudiaría con el fin de ver al más vulnerable y ese sería su nueva víctima, finalmente la víctima que seleccionó era un concejal joven, hijo de una familia muy poderosa en Rumania, una de esas familias que está llena de negocios turbios y que todo el mundo lo sabe pero que nadie es capaz de delatar.

Ya con un objetivo claro Juanita ahora debía buscar la forma de llegar a su víctima, si bien su seguridad parecía mínima era consciente que como concejal de Arad de seguro mucha policía custodiaria las zonas por donde él pasaba, como Juanita ya era buscada en muchas partes y sospechosa en otras, no podía exponer su identidad, debía entonces disfrazarse, Juanita ya tenía ubicado el lugar donde el concejal almorzaba todos los días, así que vio una oportunidad para acabar con él, si intoxicaba sus alimentos ella podía matarlo fácilmente sin exponerse a ser capturada, ahora debía pensar en dónde conseguir un veneno tan fuerte para esa hazaña y en cómo iba a introducir el veneno en la comida.

Cuando Juanita trabajo con su tío aprendió a reparar baterias de automoviles, ella sabía que las baterías tienen ácido, un ácido tan fuerte que podía quemar el rostro de cualquier persona, así que una opcion facil para intoxicar a su víctima sería introducir acido de bateria en la bebida del concejal, así que consiguió en una chatarrería una batería vieja, la destapo y sacó el ácido, ingreso una buena cantidad en un contenedor pequeño de vidrio, ya con su disfraz y el contenedor listo ahora iría al restaurante preferido del concejal, pidió un almuerzo y espero a que el mesero que tradicionalmente le servía al concejal se asomara con su bandeja, en ese momento ella aprovechó y de forma rápida fingió chocar con el mesero, mientras el mesero le pidió disculpas ella tomó el contenedor del ácido y derramó ácido sobre el jugo que estaba en la bandeja, luego procedió a ir al baño y de ahí tomó su asiento, miraba como el concejal estaba charlando con otras personas, cuando tomo su jugo, para su suerte era un día caluroso y el concejal tomó su jugo de un solo sorbo, en pocos segundos comenzó a sentir malestar y fue al baño, de seguro iba a vomitar, Juanita sabía que quizá su veneno no fue tan fuerte como para asesinar al concejal al instante por lo cual en cuestión de segundos tenía que actuar, ingresó al baño de hombres, espero a que saliera un sujeto que se estaba lavando las manos y al momento que salió abrió con una patada la puerta donde estaba el sanitario en el que el concejal vomitaba, tomo su cabeza y de forma rápida aprovechó el descuido de su víctima para introducir su cabeza dentro del sanitario, con todas sus fuerzas sostuvo la cabeza de aquel hombre para evitar que pudiera levantarla, el concejal al estar intoxicado y no poder respirar murió en pocos minutos, Juanita tomó su billetera, los meseros del restaurante escucharon los ruidos que hacía la víctima mientras se ahogaba así que corrieron hacia el baño, cuando el primer mesero entre al baño Juanita hizo algo que jamás creyó lo que haría, arrojó ácido del que le quedaba en la cara de aquel mesero, acto que repitió con el segundo, mientras ellos trataban de limpiarse el rostro con agua en el lavamanos ella tomó sus billeteras de sus bolsillos y huyó del restaurante lo más rápido que pudo.

Juanita llegó a un callejón, ahí se deshizo de su disfraz tomó el efectivo que había en las billeteras y las voto, Juanita se sentía muy mal pues logró su objetivo pero a costa de lastimar a dos personas inocentes, era muy probable que además de deformar el rostro de aquellos meseros el ácido los dejaría ciegos, cuando Juanita visualizo su misión jamás deseo lastimar personas inocentes y como no era la primera vez que lastimaba gente inocente, se sentía mal por acciones, Juanita era una persona que solo dejaba destrucción a su paso, sus actos tenían la intención de lastimar malas personas pero al hacer eso también lastimaba a muchas personas buenas.

Juanita reflexiono sobre sus actos, sabía que su misión se había vuelto una locura, busco noticias sobre los asesinatos que cometió, no encontró nada sobre el hombre que atacó en su país, sobre su víctima de Estambul la policía archivó la investigación, pero cuando vio lo que pasó Matto Grosso, Juanita quedó devastada a ver que el narcotraficante para el cual trabajaba su víctima a raíz de la investigación que hizo la policía en su contra inició una guerra frontal contra el estado brasileño y para subsidiar su guerra aquel desgraciado inicio más talas en la selva amazónica para sembrar más coca, en promedio aumentó las talas que realizaba un noventa por ciento, Juanita cuando recién cometió su crimen creyó que pronto ese narcotraficante sería capturado pero en vez de eso ayudó a iniciar una guerra que solo estaba destruyendo la flora de ese lugar.

Si sus actos habían generado un gran daño en Brasil, en Argentina la situación tampoco era alentadora, el narcotraficante padre de la mujer que asesinó había matado a todo el cuerpo de seguridad que dejó escapar a Juanita, mató a su yerno y había emprendido una búsqueda implacable, tan mal estaba por perder a su hija que liquidaba a toda mujer que encontrara parecida a Juanita, saber eso le dio muy duro a Juanita pues la mujer que asesinó ni siquiera era culpable de nada, a Juanita no le dolía que aquel hombre asesinara otros criminales pero sí lamentaba que muchas mujeres murieran por su culpa.

Juanita tenía buenas intenciones, pero esas intenciones fueron un camino hacia el infierno, además de arruinar la vida muchas personas, aquellos actos que le daban en un principio felicidad a Juanita ahora eran tormentos que no la dejaban estar en paz, de seguro el asesinato del concejal desataria una guerra entre mafias en Arad en incluso en toda Rumania, una guerra que al final de cuentas afectaría personas inocentes, después de saber esto Juanita se sentía como el peor ser del planeta, lo peor de todo era que Juanita ahora era una viciosa, se había vuelto adicta a asesinar, aunque era consciente de que sus actos por más que tratase de darles un buen propósito desencadenaban terribles consecuencias, ella sentía que no podía parar y que debía encontrar pronto una nueva víctima para sentirse satisfecha.

Luego de luchar con sus demonios internos, Juanita aunque si bien solo deseaba morirse era incapaz de acabar con su propia vida así que ella huyó de Rumanía, tenía que salir de Europa así que opto por tomar un tren hacia Moscú, Rusia después de todo era un país de gente incomprendida aislado y en cual nadie la buscaría, allí quizá podría organizar su mente y decidir qué hacer.

Séptima Parte

Juanita estaba muy confundida en su mente, ya no sabia que hacer pues por lo visto todos sus actos terminaban mal, pero se tranquilizo y decidió seguir con su misión, después de todo en la vida cuando tu no haces algo otra persona terminará haciéndolo, quizás su misión no era perfecta pero hasta el momento fue lo único que le dio moral de seguir viviendo, ya que ni amigos ni pareja tenia y aparte de su madre, Juanita no sintió nunca haber pertenecido a una familia, todos sus intentos de emprender un negocio habían fallado y las veces que trato de ayudar a alguna persona la mayoría de las veces Juanita terminaba lastimada así que al fin y al cabo su misión era lo único que le dio un sentido a su vida.

Juanita pensaba que su destino estaba destinado a la autodestrucción pero creía lo mismo sobre el destino de la humanidad, desde siempre todas las acciones del ser humano terminan desencadenando guerras, enfermedades y destrucción del medio ambiente, al ser consciente de esto Juanita aceptó que era muy probable que su misión acabara mal y quiza que esto tenia que ser asi, porque esto podía ser su granito de arena en la destrucción de la vida humana, al fin cabo Juanita aborrecía a la humanidad y tuvo la convicción de que aun si algunas personas son buenas entre más personas mueran mejor le iría al planeta.

Después de pensar sobre todo lo malo que tiene la humanidad, Juanita se sentía mejor consigo misma, ya no se sentía culpable por el haber matado personas inocentes, pues así como una buena acción podría desencadenar un mal resultado, una mala acción puede desencadenar cosas buenas, quizá con el haber asesinado a gente inocente haya logrado algo bueno, quiza algun dia Juanita sabría la respuesta a esa pregunta pero por el momento estaba bien consigo misma.

La noticia de la muerte del concejal de Arad había llegado hasta Moscú, aunque estaba disfrazada, era muy probable que la identificaran gracias a que sus huellas dactilares estaban en la ropa de su víctima, Rusia y Rumania en ese tiempo tenían convenido de seguridad por lo cual, por seguridad no podía seguir en Moscú pero tampoco podía dejar Rusia pues al tener que poner sus huellas en un sensor de seguridad estas coincidían con las registradas por la policía Rumana y con una orden de la Interpol ella sería apresada, la única opción por el momento para Juanita fue huir a Vladivostok, una ciudad ubicada al otro extremo de Rusia, ciudad en la cual las noticias de Europa tardaban mucho más en llegar.

Para la época en la cual Juanita llegó a Vladivostok había una tradición peculiar, muchas mujeres les gustaba nadar en el mar, como era pleno invierno las temperaturas eran extremadamente bajas, aquellas mujeres que lo hacian tenian la creencia de que asi no tendrian mala salud en todo el año, Juanita desistió de unirse a esta tradición puesto que deseaba morirse rápido no tener una vida longeva, hasta que escuchó rumores de los nativos, esos rumores apuntaban a que desde hacía poco un hombre, presuntamente ermitaño, en las noches merodeaba por la zona en donde las jóvenes mujeres nadaban en busca de víctimas, aunque nadie podía demostrar si esto era cierto o no, muchas personas decían que preciso en la noche que se veía a aquel hombre merodeando desaparecía una mujer, despues de oir la historia Juanita vio una posible víctima y se unirá a la tradición rusa tratando de ser carnada para ese hombre.

Llegó la noche de año nuevo, Juanita trato de recordar por un momento las navidades y años nuevos que vivía con su famila, si bien no era feliz en ese entonces extrañaba poder darle un abrazo a su madre, si antes no era feliz en un fin de año ahora si que menos, pero Juanita a veces creía que como tal no extrañaba su vida pasada, simplemente el ser humano siempre ve el tiempo pasado como mejor que el presente pues lo percibe como un tiempo libre de preocupaciones, algo falso pues en su momento tenía preocupaciones iguales o incluso peores a las del tiempo presente, Juanita finalmente dejó la melancolía por su vida pasada y continuó con su plan para atraer a su nueva víctima.

Al ser año nuevo de seguro no habrían tantas mujeres en el mar esa noche o si las había estarian todas acompañadas de su familia, Juanita al estar sola era una víctima perfecta pues todo criminal siempre prefiere a quienes andan solos para que sean sus presas, de seguro aquel hombre aparecería aquella noche pues según las descripciones que Juanita oyó de él, ese hombre parecía no tener familia y un perfil psicológico que no mostraba empatía hacia las celebraciones como año nuevo.

Juanita dio en el clavo, mientras se bañaba en el mar apareció un hombre, esté aprovechando que las personas estaban concentradas en los juegos navideños de la media noche rapto a

Juanita, con su mano le cubrió la boca mientras que con una cuerda la ataba, salió con Juanita del mar y la asfixió, cuando Juanita recobró la consciencia estaba desnuda y amordazada en una cama dentro de una cabaña, todo su cuerpo estaba rociado de vodka, aquel ruso como de unos cuarenta años, estaba en ese instante violandola mientras lamia el vodka de su piel, gritaba palabras en ruso que Juanita no comprendía, Juanita no gritaba ni realizaba gesto alguno, quizá porque estuviese algo drogada o porque el sexo hacia mucho que no le causaba impresión alguna, solo miraba como podía liberarse de sus mordazas, aquel violador estaba encima de Juanita penetrandola, mientras le cogía los senos gritaba como loco, cuando su pene estaba apunto de eyacular lo colocó al frente del rostro de Juanita y con un revólver apuntaba a Juanita, Juanita no hablaba ruso pero sabía bien que el tipo quería que ella chupara su pene y recibiera todo su semen en la boca, al no tener otra opción tomó con su boca el pene del violador, este despues de eyacular comenzó a golpear a Juanita, Juanita no gritaba solo lo miraba con desprecio, finalmente Juanita pudo deslizar una de sus piernas de un nudo, luego pudo deslizar una mano, pero esperaba poder liberar su otra mano antes de tratar de defenderse, sabía que ya no le quedaba tiempo y que era muy probable que perdiera la consciencia por los golpes antes de que pudiera liberarse, así que con su pierna sentó un rodillazo en la entrepierna de su violador y con su mano libre araño todo su rostro, el violador estaba ebrio por tanto vodka que tomo así que trato de amarrar de nuevo la mano de Juanita pero no pudo coordinar sus manos para hacer el nudo, mientras tanto Juanita liberó su otra mano y con ella tomo al violador de su cabello y lo jalo hacia atrás, con su pierna liberada le dio una patada lo suficientemente certera para bajarlo de la cama, mientras su violador trataba de levantarse resbalaba por su embriagues, lo que le dio tiempo a Juanita para soltar el nudo del pie que le faltaba liberar, una vez liberada se levantó rápido y de repente le dio mareo, ahí confirmó que su violador la había drogado, no le quedó de otra que sostenerse con una mano de la pared.

Mientras recuperaba su equilibrio y consciencia Juanita pensaba en cuestión de segundos como atacar a su violador, sabía que este en cualquier momento se levantaría y al ser grande, fornido y tener un revolver Juanita con sus golpes no podía hacerle daño, si bien el violador estaba ebrio Juanita tampoco estaba en buenas condiciones, tenia todas las de perder, asi que lo único que se le ocurrió en el momento fue salir de la cabaña, salió sin importarle que estaba desnuda y las bajas temperaturas, cuando se levantó el violador este fue tras ella.

Juanita no veía nada alrededor de la cabaña, no había a quien pedirle ayuda, como nunca antes había sentido una sensación de miedo horrible, cuando el violador estaba acercándose a ella disparó su revólver sin aportar ningún disparo, al no tener mas balas boto el revólver, ella solo se le ocurrió una forma de defenderse, se lanzó corriendo hacia él y con sus pies atacó las pantorrillas del violador, este se cayó y Juanita en el piso con sus pies logró empujarlo, al estar la cabaña en una colina el violador cayó por la colina, daba botes como una bola de nieve, de lo ebrio que estaba no lograba parar el impulso de su cuerpo y mucho menos pararse.

Mientras el violador caía Juanita ingreso a la cabaña, al quedar toda su ropa en la playa de Vladivostok no le quedó de otra que ponerse la ropa de su violador, busco entre la cabaña municiones para el revolver que boto el violador pero no encontro asi que busco alguna herramienta que le sirviera para ir tras el violador y solo encontró una cabuya y un cuchillo, tomó un vaso de agua con el fin de bajar el efecto de la droga con que la habían intoxicado, luego de tomar agua salió de la cabaña en busca del violador, siguiendo el rastro que le había dejado cuando iba robando por la colina.

Bajando la colina muy despacio vio a su violador en el piso, había chocado con una piedra, la piedra golpeó su espalda, estaba desmayado Juanita deseaba torturarlo pero sabía que no podía hacerlo pues no se había recuperado del la droga y aquel hombre si llegase a despertar podía atacar, por lo cual tomó el cuchillo y una piedra, colocó el cuchillo sobre la manzana de adán de su violador y con la piedra facilitó el ingreso del cuchillo por toda la garganta de su violador, en ese instante ella dejó de ser la víctima de su violador para ser su victimaria, después de introducir el cuchillo hasta el fondo de la garganta de su víctima, lo retiro y procedió a hacer lo mismo en el corazón, esta vez dejó el cuchillo clavado en todo el pecho del violador, sabía que con estas heridas su víctima no podría recuperarse y que morirá en pocos minutos, retorno a la cabaña en busca de un mapa que le facilitara regresar a Vladivostok, esperaría hasta el amanecer para regresar a la ciudad, mientras trataba de dormir en la misma cama donde fue violada para recuperarse de los daños físicos que tenía su cuerpo.

Al amanecer Juanita comió unos dulces rusos que era lo unico que encontro de comer en la cabaña, tomó en una mochila los objetos de valor y salió de la cabaña, en búsqueda de la ciudad, al no encontrar un mapa Juanita solo tenía la esperanza de caminar y salir a una carretera en la cual pudiera encontrar alguien que le ayudara a regresar a Vladivostok, después de dar vueltas en círculos se cayó dentro de una fosa en la cual había muchos cadáveres de mujeres jóvenes, todas desnudas con signos de haber sido maltratadas, todos los cadáveres tenían una bala en la cabeza, su violador era un enfermo eso pensó en un momento pero luego reflexiono y pensó que quizá su violador hacía esto por muchas razones que para él eran válidas, quizá nunca una mujer le dio la confianza de siquiera ser su amiga, quizá su madre lo maltrato, quizá fue víctima de torturas por parte de una mujer durante la época soviética, etcétera… Juanita sabía que también había obrado mal y no tenía autoridad moral para juzgar a su víctima, así que apenas salió de la fosa, se guió en el sol para orientarse, finalmente después de mucha caminata salió a una carretera, vio un letrero que decía en ruso Vladivostok 25km y caminó por toda la carretera hasta finalmente llegar a la ciudad.

Octava Parte

Luego de ir a su hotel, tomar un baño y cambiarse de ropa Juanita fue a la playa donde había dejado su ropa y documentos antes de entrar al mar, cuando llegó sus pertenencias ya no estaban ahí, una persona había llevado sus pertenencias a objetos perdidos y ahí con el pasaporte de Juanita la policía rusa confirmó que ella era la asesina del concejal muerto en Arad unas semanas antes, pero para su suerte la policía al ver sus pertenencias perdidas en la playa la dieron por muerta, algo que le ayudaba pues no tendría que esconderse, pero también algo que le causaba bastantes problemas pues al no tener una identificación no podía salir de la ciudad ni registrarse en un hotel.

Vladivostok era una ciudad llena de misterios, famosa por ser el centro del comercio Ruso-Chino-Japonés y un paradero de disidentes norcoreanos que preferían ser abusados laboralmente en Vladivostok a regresar a su país, con este ritmo de vida la ciudad era una de las favoritas de la Mafia Rusa para traficar armas, contrabando e incluso seres humanos, en una ciudad tan corrupta como Vladivostok, Juanita tenía la tranquilidad de que nadie sospecharía de ella, ahora lo que necesitaba era hacerse a una identificación falsa y huir de Rusia.

Después de hablar con muchas personas en el mercado negro de Vladivostok nadie le dio el dato de algún tramitador de identificaciones falsas, estaba angustiada cuando para su suerte de repente un inmigrante japonés le dijo que podía ayudarla llevándola con los Yakuzas residentes en la ciudad que por aquel entonces se disputaban el mercado negro de la ciudad con la mafia rusa, ella al no tener más opciones acepto.

Después de hablar con algunos Yakuzas, Juanita negocio una identificación falsa y un viaje a Corea del Sur en barco por 8000 dolares, como Juanita no tenía todo ese dinero les ofreció el dinero que le quedaba y los artefactos que había hurtado de la cabaña del violador, los Yakuzas aceptaron su trato eso sí con la condición de que iría en el barco como servidumbre.

El dia en que Juanita ingreso a la embarcación, había unos norcoreanos que también buscaban huir a Corea del Sur, aunque no hablaban el mismo idioma Juanita se hizo amiga de aquellos disidentes, juntos limpiaban y hacían de comer a los Yakuza, aquellos norcoreanos también huian de su pasado y deseaban llegar a Corea del Sur para por fin tener una vida libre, eran personas que habían pasado por muchas penurias, sus vida entera había sido un total engaño y sufrimiento gracias a un sistema de gobierno totalitario.

Juanita por mucho tiempo no había podido hacer amigos y cuando se relaciono con los norcoreanos vio en ellos personas que podía llamar amigos de verdad y no tan solo conocidos como ocurre en la vida muchas personas, pero algo sucedió, unas horas antes de arribar a aguas surcoreanas Juanita estaba haciendo aseo cerca a una sala donde unos Yakuza hablaban por teléfono, mientras hacía aseo escuchó una conversación telefónica en inglés donde un oficial norcoreano les había ofrecido a los Yakuza un contrato para dar con sus disidentes, así que el plan de los Yakuzas era entregar a los norcoreanos a su país, Juanita no sabía qué hacer, tenía pocas opciones, todos los Yakuza en la embarcación estaban fuertemente armados, de llegar a Corea del Norte era muy probable que los Yakuza también la entregaran diciendo que era una espía norteamericana o europea, Juanita no sabía nadar así que huir no era una opción y para colmo de males si deseaba actuar debía hacerlo rápido pues en pocas horas arribaria el barco a tierra firme

Reflexiono por mucho tiempo y recordó que al hacer aseo descubrió unos explosivos que habían en el barco, sabía que distribuyendolos de forma correcta por la parte inferior del barco podía hacer que este se hundiera, con esto era muy probable que todos en el barco murieran, Juanita no sabia que hacer pues con eso libraba a sus amigos norcoreanos de un cruel destino, pero también les quitaria una oportunidad de vivir, al final decidió seguir con su plan pues al fin y al cabo los norcoreanos huían de su gobierno y de seguro preferirían la muerte antes que seguir viviendo en Corea del Norte, por otro lado los Yakuza era criminales sin ética alguna, nada honorables como el japonés promedio, ella por su parte no temía a la muerte y estaba lista para morir, lo único que no le gustaba era el impacto ambiental de su plan pues quien sabe que otros químicos cargaban los Yakuza en la embarcación que pudieran contaminar el mar.

Juanita comenzó a organizar los explosivos, el barco era muy grande y había mucha seguridad por todas partes por lo cual solamente iba a hacer la explosión en el cuarto donde estaba, conecto todos los explosivos para que estallarán simultáneamente, la explosión generaría un hueco lo suficientemente grande para hundir el barco, después de organizar los explosivos tuvo que buscar cómo encender la dinamita, por lo cual salió del cuarto y le pidió un cigarrillo a un Yakuza este le dio el cigarrillo y le ayudó a encenderlo, ella regresó al cuarto y antes de que otra persona la viera con el cigarrillo encendió la dinámica y desencadenó la explosión, en un instante las paredes del cuarto de explosivos estaban llenándose por agua, su cuerpo había recibido múltiples quemaduras pero el agua del Mar de Japón aliviaba el ardor de su cuerpo, en cuestión de segundos el agua ingreso al barco y Juanita salia hacia el mar, mientras ella se hundía con la poca vida que quedaban en sus ojos vio como aquel barco naufragaba, quizá algunas personas que estuvieran en la superficie se salvarían si sabían nadar pero era seguro que la gran mayoría de las personas que estaban en la embarcación morirían incluidos sus amigos norcoreanos, aunque la vida de Juanita tuvo más lamentos que dichas, al final murio feliz pues aun si nadie sabría nunca todo lo que ella hizo, si su vida no tuvo un impacto positivo en otras personas, ella en sus últimos años de vida siempre vivía el presente y aunque lo que en un principio lo que para ella era una misión con buen propósito no siempre resultó bien si pudo darle una satisfacción a su vida.

Antes de cerrar los ojos Juanita pudo reflexionar sobre su vida, si bien lamentaba no haber sido más sociable, no haber podido ser más feliz con la vida, fue su odio el que le dio motivos para seguir viva, la humanidad para Juanita siempre fue una plaga que debía ser erradicada de la tierra y Juanita en base a esa creencia hizo lo que hizo en sus últimos años, sin remordimiento alguno Juanita cerró los ojos y con ello toda su vida acabó, por fin la trágica aventura de aquella loca había terminado.

Fin

Gracias por Leer esta obra, atentamente @GaliCamilo.